# 万物相爱

安宁 著

人民文学出版社

图书在版编目（CIP）数据

万物相爱／安宁著.—北京：人民文学出版社，2023
ISBN 978-7-02-018044-8

Ⅰ.①万… Ⅱ.①安… Ⅲ.①散文集—中国—当代 Ⅳ.①I267

中国国家版本馆CIP数据核字（2023）第104861号

责任编辑　付如初　马林霄萝
责任印制　张　娜

出版发行　人民文学出版社
社　　址　北京市朝内大街166号
邮政编码　100705

印　　刷　北京盛通印刷股份有限公司
经　　销　全国新华书店等

字　　数　129千字
开　　本　880毫米×1230毫米　1/32
印　　张　7.25
印　　数　1-6000
版　　次　2023年7月北京第1版
印　　次　2023年7月第1次印刷

书　　号　978-7-02-018044-8
定　　价　59.00元

如有印装质量问题，请与本社图书销售中心调换。电话：010-65233595

# 目 录

世间万物让我动容（自序）………001

万物相爱………001
赛马场………019
山河沉醉………036
众生………056
行走在苍茫的大地上………074
在黄昏的呼伦贝尔草原上………092
觅食者………107
四季歌………125
烈日之下………143
落在巴丹吉林的每一粒沙………169
生死之门………186
星辰………205

后记………222

# 世间万物让我动容（自序）

我常常想，我为什么如此沉迷于自然的书写，仿佛只有在自然之中，我才能感知到生命的存在？

在巴丹吉林，我弯下身，以贴近大地心脏的谦卑姿势，听到一株白刺的呼吸，也发现了自我的存在。这存在渺小犹如一粒沙子，但恰是无数卑微的沙子落下来，形成浩瀚的巴丹吉林沙漠。这苍凉的沙漠向人类展示的，并非全是自然威严冷酷的法则，还有生命的伟大。千万年以来，冷硬的大风在浩荡的沙漠中，往返穿行了无数次，生命的足迹却从未在风沙中消失。就在这片荒无人烟的沙漠中，我发现了锁阳、绵刺、柠条、梭梭、芦苇、籽蒿、骆驼刺，它们将强大的触角向着天空和沙漠深处无限地延伸。还有蜥蜴、蛇、骆驼、蚂蚁、甲虫、飞蛾，它们也在金色的黄昏中自由地奔走。而上百个静谧的湖泊和喷涌的甘泉，又让这一片人类畏惧的神秘之地，充满勃勃的生机。

就是在这里，我忽然间意识到，一个写作者应该对人类栖居的这片大地，报以敬畏，给予尊重。作家全部的写作意义，不过是让读者认识到生命的意义，给予读者以人与自然万物应该平等对话的启示。

相比起一亿年前就已出现的蜜蜂，两亿年前就已存在的蝴蝶，从恐龙时代生存至今的灌木沙棘，距今只有三四百万年的人类，如此渺小。渺小到一只蚯蚓的一生，或许从不与人类发生关联，可是人类从未想过，有史以来对地球影响最深的物种，恰恰是两亿年前就已存在的小小的蚯蚓，它们一旦消亡，地球将呼吸急促，也必将给人类带来无法预知的灾难。一只蝴蝶轻轻扇动翅膀，便可引发一场大西洋的海啸，而我们人类，不过是地球生物链上脆弱的一环。我们是自然的孩子，而非它的掌控者，没有限制地掠夺自然，必将遭到自然的惩罚。所有的写作者，唯有谦逊地弯下腰去，与一株看似柔弱的草木深情地对视，从灵魂深处生发出爱与尊重，才能更好地理解我们人类的爱恨情仇，理解那些飞虫一样奔波劳碌的同类，他们短暂的一生，或许仅仅为了活着，就历尽艰辛，拼尽全力。我们只是一千万种生物中，最普通的一个物种，在这个星球上，每一个生命抵达或者离开这个世界，都会给予我们生死的启发：也即生命本身的出现，不管卑微还是强大，它在星空下度过的每一分，每一秒，都是闪闪发光的奇迹。只这奇迹本身，就值得我们书写记录，或赞美歌咏。

正是基于这样对人与人、人与自然、人与星空宇宙关系的理解，在完成"乡村四部曲"之后，我转向对人类栖居的自然的关注。我试图呈现出在不同地貌、环境、地域下，人与自然万物的生存和生命状态。

"草木繁茂，雨水丰沛，桂花树在湿润的夜晚向疯里长。每一个角落里都是生命，拥挤的生命，密密匝匝的生命，尖叫的生命。""一只岷江上的蜉蝣，此刻正在撩人的夜色下，完成它存活于世的唯一的使命——婚配。就在短短的数小时内，它们浪漫地在江面上飞翔，歌唱，絮语，产卵，而后生离死别，永不相见。"

是的，即便是朝生暮死的蜉蝣，它们的一生如此短暂，却同样与我们人类一样，有着完整的生命旅程。而在我们栖息的大地上，每一个角落都可以发现让我们如此动容的生命，都有生命的奇迹与印记。即便一把泥土，它也因滋养了千万种生命，草木，昆虫，飞鸟，野兽，而富有温度，让我们脚踏着大地，却有溯流而上、回归母亲子宫般的柔情缱绻。

所以，我始终感谢定居十年的内蒙古大地。它在中国的北疆，有着丰富的地貌，草原、森林、农田、戈壁、沙漠、高山、湖泊，并横跨东北华北西北三个区域，接壤八个省区和俄罗斯、蒙古两个国家。它如此苍茫辽阔，让我站在这片日日有大风扫荡的土地上，常常生出哀愁。这哀愁是对生命的爱与眷恋，是我们应该如何度过一生，才能不辜负生命的思考。也是一个严肃的写作者，对如何书写我们诗意栖居的自然，生出的沉思。

我就在这片北疆的大地上，写下对于一株金银木的热爱，写下赛马场上群马的悲欢，写下草木一样卑微的众生，写下大地上吟唱的歌者，写下黄昏的呼伦贝尔草原上，一轮崭新的太阳如何从大地的身体中诞生，写下一个孩子对于这个世界好奇的窥视，写下永恒般的生与死，以及落在巴丹吉林的每一粒沙。

而当我真诚地写下它们，倾听它们，注视它们，追寻它们，犹如秋天的沙蓬草追逐着大风，奔跑在荒凉的戈壁滩，并播撒下生生不息的种子，我就在这样的时刻，真正理解了生命的伟大，与人类英雄般的辉煌梦想。这荒蛮又蓬勃的自然孕育的万物，这神秘宇宙中蕴蓄的生命之力，还能有什么，比嗅到它温热滚烫的气息，更让我们动容？

是为序。

# 万物相爱

## 一

在沂水河畔的王羲之故居，我停留了一个下午，并爱上了园中两株缠绕而生的树。

这是冬天。五十万年以前，人类的祖先就在此地繁衍栖息，并创造了远古熠熠生辉的东夷文化。冬日稀薄清冷的阳光穿过阴郁厚重的云层，悄无声息地洒落在居于老城一角的园林里。垂柳，竹林，楼阁，古刹，砚台，水塘，石碑，一切都静默无声，仿佛千万年的苍茫云烟横扫而过，这座古城却波澜不惊，这里依然是孕育了曾子、荀子、王羲之和颜真卿等等风流人物的琅琊古郡，依然活在嗜酒暴烈的东夷荒蛮时代。

园林里人烟稀少。古城里的人们，在忙着生计，忙着追逐，忙着琢磨，忙着繁殖。进入园林之前，我在被大坝拦腰截住的一段浩荡的沂河水域上，还看到一些漂浮在水面上的死鱼，它们惨白的肚皮，向着灰扑扑的天空，发出生命最后的尖叫。秋天里飘落的树叶，鸟儿衔来的草茎，大风卷来的尘埃，某个男人扔下的烟头，这些原本无缘聚合的人间事物，此刻，它们簇拥着一条条怒目圆睁的鱼儿，发出低低的哭泣。河水一遍遍冲刷着高高的堤坝，瑟瑟冷风带来冬日干枯草木的气息。没有人关心一条鱼的死亡，正如一条鱼永远不懂得人类的悲欢。一道栏杆，将烟波浩渺的水面与冰封的大地隔开，也将不同生命间互相抵达的通道隔开。而在大坝的右侧，河水正如谦卑的旅者，以千百年来未曾改变过的自由的姿态，缓慢地流经平原、山丘、湿地，并一路向南、向东，最后汇入黄海。

一条河将根基扎进大地，却将它的一生，放逐在路上。一株树的一生，则始终驻守在脚下，至死都不会离去。一条河把爱与柔情交付给大地、水草、游鱼、云朵、风雨，一条河也可以与另外的一条，汇聚于大海，相守于汪洋。而一株树，却要以合适的距离，在很多很多年中，不停地向着大地和天空伸展，才能与另外的一株，枝叶相触在云里，根基痴缠在地下。否则，它们终生都只能遥遥相望，依靠一只只偶然飞落的鸟儿，传递呼吸，浸染绿意。

可是，就在这片午后寂静的园林里，我却在一个角落，发现了两株深情相拥的树。我不知道它们叫什么名字，在沉寂的冬日，它们一览无余地站在那里，犹如刚刚降临大地的婴儿，全身赤裸，枝干洁净，嫩叶尚未萌发，花朵也无征兆。或许，它们根本就没有花朵和果实。它们可以被叫作桃树，杏树，李树，槐树，榆树，或者女贞。它们素朴简洁的枝干，犹如隐入人群便消失不见的普通人。它们出现在你的面前，又立刻混入千万株树木，让你忘了它们是其中的哪一株。如果你回来寻找，一定会在园林中怅惘失神，仿佛它们已经从大地上消失，仿佛它们从未出现在这个星球上。你只听见风化作游蛇，穿过冰冷的树干，从枝蔓横生的法桐，到直插云霄的白杨，再到窸窣作响的竹林，还有尚存一丝绿意的草地。最后，风席卷了你的身体，你看到满目萧瑟，却只有易碎的阳光，遍洒大地。

但我却决定为两株不知名姓的树，停留下来。因为，我的双脚被它们起舞时发出的幸福的尖叫阻止，似乎前方是满地荆棘，我不得不惊慌地收住前行的脚步。如果两株树遥遥相望，一个居于普照寺旁，每日沐浴晨钟暮鼓，一个长于洗砚池边，在鹅叫声声中，临水静默，我必会将它们忽略。但它们却簇拥在一起，仿佛从一粒种子时，就相约不弃不离。也或许，人们刚刚将其中的一株移植到园中，另外一株饱满的种子，便被鸟儿衔着，从远方风尘仆仆地赶来。此时的春天，刚刚抵达临水的古城，万物在鸟雀的鸣叫声中，睁开惺忪的睡眼。一切都是新鲜蓬勃的。煦暖的阳光慵懒地洒满园林，迎春的花朵早已开到荼蘼。僧人诵经的声音，让人想要倚在春天的墙根上，舒适

003

地眯眼睡一会。这只从南方飞来的鸟儿，在这璀璨的春光里有些眩晕，于是它张开喉咙，放声歌唱。那粒种子，就这样悄然滑落，隐入泥土。没有人在意一粒种子的消失，就连当初千里迢迢带它来到此地的鸟儿，也呼啦一声飞入高空，将它忘记。于是它在春雨中，永不停歇地向着泥土的深处伸展，又在春天的声声呼唤中，越过其中一株盘绕的根基，在某一个清晨，顶着晨露，破土而出。

许多年后的某一天，我无意中途经此地，便看到了这两株将生命舞成热烈的"8"字形的树。夏天时满树氤氲的绿色，已经零落成泥。瘦削的树枝在干冷的草坪上，投下恍惚的影子。它们有着相似的冷寂与淡然，园林中的一切，钟声、鸟鸣、人语、水声，全都化为可有可无的背景。就连日月星辰，也都无关紧要。它们就这样日复一日地相爱，起舞，如痴如醉，物我两忘。一阵风过，它们亲密挽着的手臂，也只是发出细微的颤抖。

它们是如何在漫长的岁月中，执拗地相爱，沉默地起舞，义无反顾，不弃不离？一墙之隔的洗砚池小学校园里，每日传来孩子们的欢声笑语。大雄宝殿里僧人念经的声音，日日穿过故居围墙，散落书院街巷。故居对面的天主教堂，在商贩的叫卖声中肃穆地静立。世间的一切事物，都在这个古城里，按照生命的法则，落地新生，或者衰老死亡。唯有这两株无名的树，世人将它们忘记，它们也忘记世人。它们只为爱情而生。于是，在日夜星辰周而复始的交替中，它们默默地积聚着力量，最终跳出这场惊心动魄的生命之舞。

这是两株树无声无息的舞蹈，没有音乐，没有观众，没有掌声。它们指向天空的枝干，正引吭高歌。歌声比水塘中任何一只肥美的大鹅发出的声响，都更高亢嘹亮。它们旁若无人地起舞，私语，倾诉，凝视。以天为幕，以地为席，根基缠绕着根基，枝叶牵引着枝叶，额头轻触着额头。一曲终了，便继续新的。它们要将自己嵌入对方的身体，于是舞蹈便永无休止。

我站在那里，因为这一场盛大的舞会而身心震动。我知道除了人力拔除，没有谁能阻止这一场树与树的深爱。它们来自完全不同的生命，却奇异地相拥在一起，成为完美和谐的一体。这大自然鬼斧神工的造化，终于臣服于两颗心发出的强大的呼喊。

一株树爱上了另一株树，于是它们忘记一切，决定起舞。

我这样想着，深情地再看一眼它们，便转身离去。

## 二

在北京，一切相距都很遥远。仿佛从南到北，从东到西，隔着十亿个光年的距离。

住在东六环的人，跟住在西六环的人，可能一生都不会相聚。即便在早晚六七点钟的地铁里,东西南北蜂拥而来的人们,化为鼹鼠,钻入血管密布的地下心脏,并在穿越城市心房的呼啸的车厢里,摩肩接踵,耳鬓厮磨,亲如手足,但他们依然不会相爱。

住在通州的一个朋友,他每天有三个小时,穿行在地下迷宫一样的地铁里,嗅着来自天南海北的人身体里散发出的可疑的味道。他从未跟任何一个与他同一车厢的人,产生过交集,仿佛他们是他呼啸而过的人生列车上,窗外转瞬即逝的背景。但他却在去年的夏天,孜孜不倦地向我讲述过一只斑鸠,如何在他家的小花园里孕育宝宝的过程。他在城市巨大又孤独的轰鸣中,却爱上一只迸发出原始生命繁殖之力的小鸟。

一个寂寞的雪天,我从快要将我五脏六腑颠出的地铁里走出,一脚踏进石景山路。夏天时遮天蔽日的高大的白杨,被一场大雪洗去了铅华,此刻,在淡蓝忧郁的天空下,现出洁净素雅的美。枝头的树叶,在刚刚过去的风雪之夜,彻底放逐了自己。昔日枝蔓芜杂的树干,变得清瘦起来。人们看向天空的视线,便愈发地开阔空旷。仿佛这世间的隐秘与喧哗,全都消失不见。于是天空清洁为天空,大地回归为大地。

大道两边的草坪上,积满了雪,阳光穿过层层的枝杈,洒落在哪里,哪里便银光闪烁,散发出奇幻之美。树下的积雪稀薄,枯草便顶着冰冻的雪粒,在冷风中瑟缩着身体。灌木的枝条被雪压得很低，眼看着快要撑不住了，忽然一只喜鹊扑棱棱飞过，翼翅扫过枝条，积雪四溅开去，宛若一场突如其来的绚烂的烟火。

雪松，柳杉，刺槐，白蜡，银杏，圆柏……一株株形态各异的树，在雪地上错落有致地静立着。被一场大雪过滤后的空气，氧气充足，让人迷醉。这清寂无边的午后，让人心里空荡荡的，冷清清的，好像需要去哪儿寻找一簇火焰，点燃这沉默却又鼓荡的激情。

然后，我便在一条巷子斜伸出来的拐角，看到了那株正在燃烧着的绚烂的金银木。为了这惊鸿一瞥，它似乎等待了很久，又蕴蓄了一整个夏天的激情。那时，它还是开满白色花朵的一株树木，在喧嚣的街头，安静地站在一排白杨的身后，好像它们在烈日下投在草坪上的无足轻重的影子。夏日的花朵太繁盛了，它们热烈地拥挤着，吵嚷着。在大地上争奇斗艳，又在半空中暗香浮动。它们直白地向这个世界呈现着自己，却又因万物皆生机勃勃，而被世人忽略。在这场浩浩荡荡的绽放中，没有人会注意一株金银木，它的花朵并不张扬，甚至在色彩缤纷的夏日，这黄白间杂的颜色，被密密匝匝的树叶遮掩着，会被人忘了这是一株正在开花的树。事实上，它们只能被叫作灌木，而不是树木。它们介于花草与树木之间，在街边的花园或者远郊的小树林里，它们纷乱的枝条，与高大的法桐、水杉或者松柏相比，缺乏动人心魄的力量；而跟小巧婀娜的花草相比，它们了无章法的散乱身姿，又不能唤醒人们内心的柔情。

每天有无数匆匆忙忙的上班族，从这株金银木身旁经过，他们连看也不会看它一眼。它漫溢的芳香，好似山间清浅的溪水，被城市巨大的轰鸣声淹没。每一个白日与夜晚，骑单车的人，开豪车的人，快步跑的人，慢步走的人，还有地上奔跑的公交，十几米以下疾驰的地铁，万米高空上正穿过云朵的飞机，他们都会经过这一丛灌木，但如同经过一片荒原，这株努力向着星空生长的金银木，并不曾被某个人记住它瞬间的芳华。它所站立的地方，拥挤喧哗，又形同虚设。

夏天很快过去，迎来万物肃杀的秋天，树叶雪花般纷纷扬扬地从枝头飘落，天地日渐现出眉目清晰的轮廓。这株像樱桃树一样浑身挂满红色小灯笼的灌木，开始跳入人们的视野。当秋风卷起满街的树叶，哗啦哗啦地在大道上奔跑，或者绕着皮鞋布鞋运动鞋高跟鞋飞旋的时候，这株金银木只是安静地站在那里，像一个羞涩的新娘，或者孕育着婴儿的幸福的母亲。没有什么能打扰它的宁静。路过的云朵投下一小片阴影，却也只是让它的一部分隐匿在其中，它更绚烂夺目、晶莹剔透的红，在秋天高远的天空下，静静闪烁，不张扬，也不卑怯。那一刻，它是天地间自由诗意无为的存在。

风愈发地紧了。风将硕果累累的秋天赶走，并将自己从一条紧贴地面的冰冷的青蛇,变成席卷了整个城市的呼啸的游龙。风带走了酸枣、银杏、山楂、沙果、葡萄、板栗、毛榛,风带走了一切坠向大地的果实,却让金银木的枝头,以愈发浓烈的红,在小巷与大道相交的拐角,火一样燃烧。

风还带来了一场又一场雪。大雪将世界变得洁净,昔日的喧哗与躁动,被冰封成琥珀,在阳光下闪闪发光。一切都是悄无声息的,即便发出声响,也是一只喜鹊落在雪地上,跳跃时惊起的雪落的细微声音。风缓缓吹过,杨树枝干上的积雪,便梦幻般扑簌簌地落下,仿佛一场新的飞雪,又忽然轻盈地降临人间。

住在东六环与住在西六环的人,都走到这里。同样途经此地的,还有一个外地的打工者,一个定居北京十年的新移民,以及偶然途经北京的我。人们都停下脚步,被这雪后满树热烈的红色吸引。风在这个时刻,没有了声息,似乎为了这一簇炫目的红,它悄然消失在崇山峻岭般的高楼大厦之间。天空是清澈透明的蓝,空气中弥漫着积雪洗过的清冽充裕的干枯植物的气息,这气息来自顶着雪花的干草,沉睡的树木,沧桑的松柏,埋藏在雪下的红隼的羽毛,雨燕干燥的粪便,以及鸟雀热爱的金银木酸甜可口的果实。

在寒冷的冬天,日日被觅食的鸟儿们环绕的金银木,并未现出稀疏苍老的面容。它像傲雪的一束火,在洁白的草坪上不息地燃烧着。每一个路过的人，都会放慢脚步，看一眼这熊熊燃烧的火把，而后被缀满枝头的"小灯笼"映红了的疲惫的脸上，便会溢出一抹轻松的微笑。那微笑仿佛依偎着炉火许久，散发出一抹橘红的暖意。

就在这个时刻，那些在北京奔波谋生的人们，他们每日被轰隆轰隆的地铁碾压过的心，忽然发出一声声深情的呼唤。他们想称呼这一株雪中怒放的金银木，叫它母亲、爱人、姐姐、妹妹，甚至故乡。它是他们的亲人，他们在这个人间的一切哀愁、希望、悲欢，都被这一簇火焰点燃。他们因此觉得幸福。仿佛在这个城市奔波劳碌的一切岁月，都具有了崇高的意义。

我驻足停留了片刻，确认已经将这一簇永不熄灭的火，植入了心里，便微笑着继续向前。

## 三

十月末夜晚的闽西山区，重峦叠嶂泼墨一般，与漆黑的夜色融为一体。车在不知有多少道弯的山路上，犹如一条幽灵般的长蛇，无声无息地蜿蜒向前，并发出静谧的嘶嘶的声响。长途跋涉让我有些劳累，而灵蛇山又不知何时抵达，在车驶入又一个新的漫长无边的隧道之前，我终于疲惫地闭上了双眼。

不知过了多久，我感到一丝沁凉的风，自车窗的缝隙中吹来，仿佛暗夜中忽然绽放的花朵，缕缕香气从娇嫩的花蕊中溢出，浸入身体每一个敏感的神经末梢。我慵懒地睁开眼睛，随即吃惊地发现，一轮硕大的橙红的月亮，正离我如此之近，似乎只要打开车窗，就会触手可及。此刻，它宛若一个楚楚动人的少女，羞涩地躺在群山之间，将视线好奇地投向人间。人间有什么呢？似乎什么也没有，除了它自己洒下的漫山遍野温柔的月光。

山路盘旋向前。于是那轮月亮，便时而化作摇篮，静谧地悬挂在天际；时而躺在前方公路的尽头，调皮地等待我们的车开近；时而与我们捉迷藏，躲到天窗的上方；时而隐入深山，并在一个拐角，猝不及防与我们相遇。如果此时我飞到月亮上去，俯视人间，看到我所乘坐的汽车，一定像一只离开家族的固执的瓢虫，或者迟迟不肯睡去的孤独的飞蛾，沿着阒寂无人的通向无尽远方的公路，做一场长途探险似的飞行。月亮于是一路追逐着它，逗引着它，并因酣眠的人间竟然还有陪它夜行的生命，而觉得快乐。

有那么一刻，我希望我们的车永远不要抵达终点。我不想看传说中的灵蛇山，因为月光下的每一座山，都已幻化成舞动的精灵。我也不想见山中隐居的僧人，因为跟着月亮飞翔，内心比僧人还要自由。至于期待的万千繁星，它们正在我的头顶，熠熠闪光。此时的风，也是轻的，似乎怕惊醒了沉睡中的蜻蜓、鸟雀、松柏、湖泊。就连河流也静寂无声，像一只屋檐上的猫，穿越月光笼罩下的村庄和农田。如果酣眠中的大地也有梦境，那梦一定是柔软的、飞翔的、轻盈的，花瓣一样细腻光滑的。仿佛月亮有一支魔法棒，轻轻一挥，整个世界便瞬间陷入深深的睡眠。大地宁静，月光温柔，生命在睡梦中发出轻微的战栗。一切恍若死亡，这永恒的依然会苏醒的死亡。

我因这一轮清幽又热烈的月亮，想起了许多个有月亮的夜晚。

有一年，临近春节的冬天夜晚，我在北京五环外人烟稀少的途中，路过一小片树林。积雪尚未融化，一群乌鸦忽然扑棱棱飞起，惊落满树晶莹的白。月亮镶嵌在天窗上，从未离开。这是一片荒野，道路两旁高大的树木，在月光下静默无声。侧耳倾听，有风声自树梢上簌簌传来，仿佛一只无形的手，在轻轻拍打着什么。大大小小的鸟巢，像一团团幽静的暗影，栖息在高高的树干上。每一个巢穴，都是一个宁静的家园，有等待爱人的妻子或者丈夫，也有渴盼父母的嗷嗷待哺的婴儿。只是此刻，它们都睡着了，万籁俱寂，了无声息。只有车驶过不平整的马路，发出一声愧疚的颠簸。除此之外，便只有人细微的呼吸，在夜色平缓的流动中，怕惊扰了什么似的，蹑手蹑脚，进进出出。而月亮，则在长达两个小时的行驶中，一直透过天窗，将洁白的月光，洒落在我的左手上。我伸开掌心，注视着这一小片游动的水银，看它含着笑，那笑是清甜的，活泼的，山涧的溪水一样，带着湿漉漉的凉意，沁入我的肌肤。我和开车的朋友，一路注视着这一小片月光，彼此微笑着，却什么也没有说。

还有一年，在成都湿热的夏日夜晚，我关了房间的灯，坐在二十六层的飘窗上，俯视整个灯火通明的城市。四周一片寂静，仿佛有一条星光璀璨的河流，正缓缓穿越整个城市。草木繁茂，雨水丰沛，桂花树在湿润的夜晚向疯里长。每一个角落里都是生命，拥挤的生命，密密匝匝的生命，尖叫的生命。就连野猫，也在天地间放肆地呼唤着可以一刻春宵的伴侣。而我，坐在高处，倾听着这一场人间的隐秘，仿佛一个通灵师，忍不住想要抬头仰望上苍。我就在那一刻，看到一轮浑圆的月亮，挂在高高的夜空。

这是一轮贪恋人间烟火的月亮，所以它圣洁却又不失妩媚，娇羞却又不乏野性。每一点暧昧的月光洒落下来，都会导致一桩人间的引诱事件。于是，湿漉漉的夜晚，草木们想要一场可以放肆尖叫的爱情。昆虫们匍匐在茂密的草丛里，被月光撩拨得蠢蠢欲动，它们想冲破黑黢黢的夜色，飞到月亮上去，它们想大声歌唱，就像举办一场声势浩大的大合唱。它们想要性爱，生儿育女，繁衍不息。它们想在人类的睡梦中，完成生命的交接。一只岷江上的蜉蝣，此刻就在这撩人的夜色下，完成了它存活于世的唯一的使命——婚配。就在短短的数小时内，它们浪漫地在江面上飞翔，歌唱，絮语，产卵，而后生离死别，永不相见。此时，桂花尚未绽放，枇杷早已上市，桃子鲜嫩欲滴，夜市上有醉鬼摇摇晃晃地走过；而一只蜉蝣，却在月光下，尖叫着度过了它完美的一生。没有人听到它的叫声，犹如万千植物在潮湿中完成的爱情的宣言，也没有人听到。只有一个倚在高楼上的人，和一轮风情万种的月亮，无意中瞥见了这一场末世般的狂欢。

千百万年以来，一切都在发生变化。植物消亡，动物灭绝，人类死去，王朝更迭，但月亮，这将清幽的光遍洒荒野、草原、城市、村庄和古寺的月亮，这见证着人间悲欢、生命传奇的月亮，却始终一言不发。

四

还在前往阿尔山的路上，便有一种进入人间仙境的恍惚。道路上人烟稀少，只有乘坐的大巴，在阳光下耀眼的雪地上，发出寂寞的声响。

两边是绵延不绝的森林，因为相隔遥远，所有的树木看上去，便如灰黑色的粗硬的头发，生长在高低起伏的群山之上。这是大兴安岭西南山麓的一个部分。这粗犷壮阔、横亘东北西南的原始森林，总让人想起开天辟地的盘古。《山海经》里最早记录的盘古雏形，是人脸蛇身的神怪——烛龙，恰好也生长在北方的极寒天地。这伟大的盘古之神，历经一万八千年，终于劈开天地，而他自己却累倒在地，其后他身体的每一个部分，都化为苍茫的大地："气成风云，声为雷霆，左眼为日，右眼为月，四肢五体为四极五岳，血液为江河，筋脉为地理，肌肤为田土，发髭为星辰，皮毛为草木，齿骨为金石，精髓为珠玉，汗流为雨泽，身之诸虫，因风所感，化为黎氓。"盘古将身体上攀爬的寄生虫，化为黎民百姓，可见宇宙之中，日月星辰、草木金石、江河五岳，皆比我们人类更为长久永恒。在这个星球上，人类不过六百万年的历史，可是恐龙却生活了一亿六千万年，而与恐龙同时代的蜜蜂、虱子、蟑螂、海龟、龙虾，则至今依然生生不息。但当我站在高处，注视着被群山包围、积雪覆盖的阿尔山，这个犹如一滴圣洁的眼泪一样的小镇，依然忍不住为酷寒中认真生活的人们动容。风从更为遥远的西伯利亚吹来，又被重重的落叶松、樟子松、云杉、白桦阻挡，过滤。当它们抵达这个零下三十多度的小城时，便放慢了脚步，停止了呼啸。它们甚至不忍心拂去树梢的雾凇。于是阳光下的风，便几乎消失了痕迹。人们只有在肥胖的喜鹊林间啄食草籽的时候，会看到风轻轻拂过羽毛；或者在明亮洁净的阳光下，看到被积雪几乎全部掩盖的草尖，正耸着单薄瘦削的身体，在风中发出轻微的颤抖。

大巴车将人们停放在小城边上,便继续前行。人拉着行李在雪地上向前,走了很久依然见不到人烟,会有一种与世隔绝的感觉。但这样的隔绝,并不让人觉得恐慌。仿佛时间在此凝固,这里化为极昼,阳光穿越厚厚的冰层,努力温暖着人间。生命可以长达九千年的云杉,与寿命三百年的白桦,以及在世不过百年的人类,共同栖息在这片高寒的大地上。天空是让人忧伤的蓝,那里空无一物,却又似乎纳阔了人间的一切哀愁与欢乐。就在与天空一样散发出蓝色光芒的雪地上,无数匹马,正将温热健壮的身体,探入大地,寻找睡梦中的牧草。

在长达七个月的冬天,阿尔山有着不被游客打扰的宁静舒缓的节奏。这时的森林、温泉、火山、湿地、山川、湖泊,重新归还居住在这里的人们。一切都在沉睡,一切又似乎苏醒,以一种纯净的梦幻般的色泽苏醒。素白的山林将这个小城装扮成北欧的童话王国,赶马车的人在大街上响亮地甩着鞭子,啪嗒啪嗒地走过。马和人口中呼出的热气,很快凝结成冰,连同悬浮的尘埃一起冻住。

沿着住处左侧的小路一直向上走,会看到许多人家的院子,散落在山脚下。一只狗不知从谁家突然间蹿出,看到来人,并没有狂吠,而是友好地歪着脑袋,等待那人小心翼翼地走近。家家户户的屋檐都被积雪覆盖,于是木头栅栏围起的院子,便像一个小小的白色的城堡。就在这热气腾腾的城堡里，女人们正为一顿丰盛的午餐忙碌不休。继续向小巷的深处漫游，会听到刀与案板在热情地跳着踢踏舞。这是元宵之前的小城，人们依然沉浸在过年的喜庆里，游客们还遥遥无期，除了牛羊马群，人们只需要为家人的一日三餐忙碌。有白胖的女人走出门来，隔着低矮的栅栏，微笑着跟邻院的女人说话。栅栏上倒挂着一只奶桶，一双破旧的牛皮靴正站在两块木头中间思考人生，鞭炮红色的碎屑星星点点地洒落在木桩上。再有一场大雪，或许连这些琐碎日常的事物，也一同消融在无边的白色之中。这些隐匿在高楼大厦背后的古老村落，这些与森林山脉自然相接的小小庭院，这些悄然消失在积雪中的妇人的絮语，让我恍若在虚幻的梦中游荡。

在阿尔山，乡村与城市、森林与草原、群山与平原、湖泊与河流，和谐有序地交织在一起；仿佛树木的年轮，自由流淌，无约无束，却又遵循着自然的法则。马群在山脊上游荡，红色的马鬃在阳光下闪闪发亮，犹如燃烧的火焰。森林包裹着这一束束火焰，在白茫茫的大地上，向着天空无尽地生长。它们与林中赶马的人，空中翱翔的鸟儿，庭院里传出的轻微的咳嗽，共同构成人间的某个部分——彼此依赖又相互敬畏的部分。

万物有灵，阿尔山的温泉，这从地下汩汩流出的温热的水流，也一定汲取了天地日月的精华，具有了某种神秘的力量。

当它们流经我年轻羞涩的身体，流经光洁圆润的石子，流经赤身裸体坐在一起说说笑笑的女人们，流经那些几乎看不出性别的佝偻的老妇，一种源自森林雾霭般的清新的水汽，瞬间缭绕了我。就在这清澈的泉水中，我第一次发现了身体的美。这不染尘埃、不着一物的身体，如此洁净，似乎，它生来就属于生机勃勃的山野。

就在这座圣洁的小城里，一粒种子偶然间植入我的身体。她历经十月，平安抵达这个尘世。我为她取名阿尔姗娜（蒙语"阿尔山"的汉语音译，意为"圣洁的泉水"），因为我曾途经这里，看到过蓝天与雪山、森林、马群猝然相接时的动人心弦，也看到过一滴晶莹的泪珠镶嵌在群山之间；风吹过大地，却不曾留下锋利的刮痕；一只鸟儿扇动着翅膀，掠过冰封的湖面。就在这人迹罕至的酷寒之中，却处处都是生命的跃动：这与广袤自然和谐交融的生命，这弥足珍贵并在宇宙中留下过往印记的生命，这与天地日月一样永恒不息的生命。

# 赛 马 场

一

在赛马场，一匹马与一万匹马有着同样不可侵犯的威严。

骑手们不是这里的主人，脚踏大地的马群才是。尽管，被人类驯化是群马的终极宿命。在马短暂的三十年的一生中，它们并不记得那些骑手的名字。即便一匹被寄养此处的名贵赛马，会被战功赫赫的主人定期前来探望，它依然只是它自己，在并不漫长的赛马生涯中，它只怀念大地上纵情驰骋的时光。

路过的人们总以为自己足够地了解一匹马，他们给赛马起了动听的名字：王子，黑玫瑰，天青，白金，千里雪，闪电，火焰，绝尘，踏雪……喂马的师傅也对它们的习性如数家珍：青马天性胆小，不要跟在它的身后，否则它会受惊狂奔；白马脾气温驯，喜欢被人爱抚；黑马机警聪慧，一有风吹草动，便竖起双耳，仿佛万千强敌正在逼近；栗马心性淡泊，不喜人类，你若靠近，它触电一般即刻扭头。

马场的管理者以数字化的高效方式，游刃有余地安排着上百匹马的日常生活：买草，喂食，饮水，骟马，钉马掌，清理马粪，招募教练，推广马术，组织比赛。短暂参观的来客，总是会对那些忽然靠近自己的马生出惊异，仿佛这群游离于现代城市的生命，有着不可泄露的天机般的神秘力量。冬日的寒风中，它们鼻孔里喷出的热烈的白气，毛发中涌动的原始的力与美，干燥的粪便中蒸腾着的青草的香味，这弥漫在空旷郊外的一切，如此动人。车水马龙中穿梭的人们，偶然间抵达这里，在北疆席卷而过的烈烈大风中，会忽然意识到生命辽阔的存在。

对于一匹马，这些无足轻重。五千万年前，它们的先祖诞生于荒蛮的星球，并在残酷的物种竞争中，生生不息，繁衍至今，傲然于荒野。它们以大地上一切能够维持生存的食物为生：沙蒿、芨芨草、梭梭、芦苇、红柳、针茅、沙葱、苔藓、树枝、枯草、落叶，历经漫长的生物演化，最终成就高贵的禀赋。恰是这种神龙下凡般的独特气质，让人类在五千年前，将其从荒野引入人间。自此，一匹马与一个人的相伴，成为大地上的传奇。

但这是人类历史记录的传奇，一匹马从不言语。它们只是用腾空而起的身体，用永不被驯服的骄傲，来表达对人类将其征服的命运的反抗。

或许，所有与马有关的成语，只是人类的一厢情愿。千军万马、一马当先、万马奔腾、金戈铁马、单枪匹马、天马行空、一马平川,都是具有天生优越感的人类,对马这一物种流露的仰慕。人类将对马的征服,视为荣耀。但马对人类的忠诚温顺,只是一种假象。它们血液里流淌的是狂野的基因,这代代相传的基因,让它们一生驰骋,永不服输。这是敏感的天性,更是不屈的傲骨。

在赛马场,所有的马都远离家园。它们短暂的睡梦中,一定有过荒凉的旷野,广袤的草原,或者茫茫的森林。隆隆战鼓,不会划过梦境。它们宁肯与虎狼搏斗,也不想参与人类的战争。人类以爱的名义,强加给一匹马的马掌、马鞍、马鞭、衔铁、水勒、肚带、马镫、鞍垫,对于马类,都是残酷的器具。它们让马失去了宝贵的自由,自此成为沉默的服从者。一匹马在绳索的束缚中,倔强地低下头,不过是为了隐忍地活着。如果某一天,人类放生所有的马,它们必将选择归于山野,永不复返。马融于血肉灵魂的高贵,让它们不会像猫狗一样成为宠物,接纳枷锁般的爱抚。人类需要马,从刀光剑影的古战场,到田间地头日复一日枯燥的劳作,再到而今的竞技比赛,观赏娱乐。但一匹马从不需要人类,它们只与同类一起,就可以从容地度过一生。

因为遇到了人类,马注定了一生的孤独。人类以爱与比赛的名义,将几百匹马圈养在马场,每日喂食饲料,定期更换马掌，在矫健的身体上烙下丑陋的编号，以血统为它们划分优劣，细数它们祖辈的荣光。

马场上的草，尚未茂密。春天还没有来，马将温热的头颅探入雪地，找寻去年残留的枯草。一整个冬天的大风，都在那一刻呼啸而来，并带来苍凉大地的声响。阳光照耀着积雪，发出奇异的光，仿佛这片居于郊外的大地，只属于上百匹奔腾的马。它们是自己的主人，此刻重回古老的旷野。它们的名字，叫作自由。

马场外喧哗的城市，人类正忙着生，忙着死，忙着转瞬即逝却在他们心里惊天动地的大事。而一匹马，只想在雪地里打一个热烈的滚，与同伴温柔地私语，蹭掉彼此肩背的草屑，嬉戏追逐，或者长久地眺望不可抵达的远方。公马们敏锐的嗅觉，让它们隔着遥远的距离，就能嗅到母马散发的爱的气息。如果这里是苍茫的草原，它们会发出嘶鸣，并为了这一份滚烫的爱情，冒着被人类鞭打的危险，哪怕身负十万火急的重任，也要冲破重重阻碍，奔向可为之献出生命的爱情。可是现在，这原始野性的召唤，被人为地控制，隔着一千米的距离，它们彼此平安无事，相忘于马场。似乎，在马这个种群的繁衍史上，从未分泌过一种叫作爱情的液体。

只有到了春天，大风吹开了花朵，涌动的冰凌在大地上浩荡向前，万物苏醒，迸发生机，开始新的恋爱、结婚、交配、繁衍。沉寂的马群，也忽然被生命的激情唤醒。它们在种子破土而出的细微声响中，借助于声音与气味，辨认着被栅栏阻隔的恋人。它们用坚硬的马掌敲击着冰凉的水泥地面。它们越过上百匹耸立的脊背，将视线投向一匹健硕的母马，它性感的身体里，正弥漫着一种叫作爱情的气息。那气息动荡不安，让人迷醉。

## 二

赛马场眼神犀利的矮个子老板，从没有想到，王子和黑玫瑰会在他眼皮底下热恋，还悄无声息孕育出了爱情的结晶。

黑玫瑰隐藏得如此天衣无缝，仿佛一个训练有素的间谍，在逃不出人类的掌控前，她连孕期都可以伪装到完全不引人注意。直到大年初一天寒地冻的夜晚，喂马人踩着大雪来马场添加草料，看到黑玫瑰躺倒在马厩里，浑身颤抖，痛苦呻吟，透明的液体伴随着鲜血，从她的双腿间汩汩流出。

喂马人吓坏了，惊慌失措中，他立刻打电话给正喝得醉醺醺的老板，和掌管黑玫瑰的黑脸教练。喂马人只是一个没有多少文化的农民，他并不了解这些据说价格不菲、动辄几十万甚至上百万的赛马。他只知道它们比自家的牛羊高贵，而且为了保持品种的纯良，不能随便配种生育。所以当他看到满地鲜血，以为黑玫瑰快要死了，而死掉一匹名贵的赛马，他也脱不了干系。这个老实巴交的喂马人，脑子瞬间混乱，他首先想到的，是自己的工作或许保不住了。于是他结结巴巴，将其描述成一桩悬疑暗杀事件。

在十匹马大约可以养活十个教练的赛马场，一匹马出现意外，是一桩大事故，这预示着奖金、提成的消失，预示着利益的缩水，预示着可见收入的损耗。每天，马场上都有孩子鸟雀一样叽叽喳喳拥来，在马群中流连忘返。附近小区的居民，也将这里当成寂静山野，晚饭后前来散步，欣赏每一匹神情骄傲的马。众目睽睽之下，赛马场的男老板经常与负责销售马术课的女业务员争吵起来，以至于胖胖的业务员在微信群里发了飙，力证自己的清白，未曾将销售所得收入自己囊中。那时，黑玫瑰正在教练的掌控下低头工作，准备参加马术过级考试的年轻人，会因它不听命令，用马鞭不停抽打它的身体。黑玫瑰在人们的争吵和监视下，一言不发。冬日清冷的阳光透过铅灰的云层洒落下来，照亮每一粒扬起的尘埃。因为与王子历经的禁忌般的快乐，因为一个新鲜生命的降临，黑玫瑰用沉默的马尾，拂去一切悬浮的烦恼，也承受着一切即将抵达的疼痛。

所有人都被黑玫瑰"欺骗"，直到赛马场老板和教练踏雪飞驰而来，看到努力生育的黑玫瑰，才吃惊地意识到他们平日对它的忽略。竟然，一匹马怀胎十一个月，他们从来没有发现，一直以为是它贪吃，变得膘肥体壮起来。短短一个小时，老板像乘坐过山车一样,从死亡的惊吓到生育的惊喜,又从生育的惊喜到半年产假不能谋利的烦恼。

这人间的悲喜剧,对黑玫瑰来说不值一提,它也永远不会去思考这样的问题。它的眼里只有自己刚刚诞下的孩子,这无意中抵达世界的儿马,让它成为一个深沉的母亲,一个拥有秘密的爱人。而它的恋人,那匹叫作王子的威猛的公马,就站在它对面的马厩里,倾听它生产时发出的沉重的喘息,内心焦虑痛苦,却又无能为力。在这个鞭炮不停炸响的新年,四季的起始,人间最美好的节日,一个母亲却在承受着难产的痛苦。如果喂马人偷懒,没来添加草料,如果他在昏暗的灯光下,没有多看一眼黑玫瑰,如果他错将卧躺在地的它,误认为沉沉睡去,那么,一切都将不可逆转。幸运的是,对面王子不停发出的鸣叫,和焦灼踱步的反常举止,提醒了喂马人,于是悲剧止步,马场自此有了幸福的三口之家。它们越过人类重重的监视,历经四季风雨,终于让一颗饱满的爱情果实,安全坠落这个世界。

只是,王子与黑玫瑰究竟什么时候爱上了对方,并在某个春风沉醉的午后,站在草尚未完全返青的马场上,坦荡地完成了上天赋予的繁衍使命,没有人知晓。马场上的监控也未曾记录下这一隐秘的细节,仿佛这段爱情从未发生。喂马人在夜晚昏暗的马厩里,听见两匹马隔着幽暗的走廊,鼻腔里发出低沉的声响,并未敏感到生出疑虑。他不过是将这些供人骑乘的赛马,当成谋生的工具;他喂养它们,并从马场老板手中,领取一份养家糊口的薪水。他跟它们说不上有多深的情感。草料的多寡,喂食的时间,清理马粪的次数,就像流水线上的产品,一切都精准无误。它们不会言语,也不与喂马人有肢体的交流。人与马,在赛马场各自独立,各司其职。马没有周末,人可以轮休。一匹马被不同的人骑来骑去。有时,他们是幼儿园的孩子,打扮帅气的男孩,或者花枝招展的女孩,坐在马上被教练小心翼翼地扶着,马于是一圈圈地旋转,仿佛乡下蒙了眼睛的驴子,围着磨盘周而复始地劳作。有时,他们是十几岁的健壮少年,为了英雄般驰骋的梦想,在马场上飞奔,发泄着无处排遣的青春。也有时候,他们是外地的游客,为了拍下一张可供朋友圈炫耀的照片,找来摄影师,在马背上不停变换着姿势和表情。除了赛马场的老板,没有人真正地为一匹马留下来。它们是孤独的,它们又热爱这被人遗忘的孤独,并在美好的遗忘中陷入爱情。

马场上的人们为这份爱情的结晶,取名为小月亮,因为它诞生在冬日有一弯皎洁月亮的夜晚。这匹古灵精怪的小公马,被允许有半年的时间,可以尽情赖在母亲的身边撒娇,耍赖,吃奶。事实上,不过四个多月,赛马场的老板就开始让黑玫瑰工作。被关在马厩里的小月亮,迷恋母亲乳房的小月亮,不停地在小小的马厩里奔来跑去,仰头发出焦灼的嘶吼,并猛烈撞击着铁门。听见孩子的呼唤，黑玫瑰再也不像过去那样任劳任怨地工作，它时不时地就甩动着脑袋，试图挣脱骑手的缰绳。这个时候，教练就愤怒地飞身上马，用有着坚硬后跟的马靴和响亮的马鞭，狠狠地教训黑玫瑰一顿，直到它被迫臣服，重新按照指令低头工作。

而小月亮的父亲——王子，则因性格孤傲，难以驾驭，赛马场只有一名性格暴躁的杨姓教练，有能力掌控它。每天早晨，他都会骑上王子，绕赛马场一阵狂奔，仿佛要将一宿的噩梦统统抖落。他时不时地就扬起马鞭，狂傲地甩在王子的身上，冷冽的空气发出一丝疼痛的震颤，干硬的地面也随即扬起一阵白色的烟尘。人们隔着栏杆，注视着利箭一般穿梭往来的教练，脸上写满对英雄出征的敬仰。那一刻的王子，犹如回到人类尚未诞生的荒蛮时代，以追风逐月般的雄浑与激昂，屹立在风起云涌的星球上。它不关心马背上威风凛凛的人类，不关心人间的锱铢必较，不关心生死存亡的未来，它只眷恋一匹叫做黑玫瑰的母马，和它们借由爱的通道抵达尘世的孩子。它拥有了它们，就拥有了整个广袤的星球。

## 三

在赛马场，或许只有孩子们真正关心马厩里横冲直撞的小月亮。

七岁的阿尔姗娜每次来学骑马，都会提一袋洗得干干净净的胡萝卜，在上课开始之前，飞奔去马厩看望孤零零的小月亮。隔着铁门，她爱怜地用手抚摸小月亮的额头、耳朵、下颌。它还不到半岁，毛发柔软细密，双眸纯净清澈。阿尔姗娜喜欢将手放在它温热的身体上，不停地爱抚。她注视着小月亮发出蓝色光泽的眸子，还有巧克力色的长长的睫毛，总会欣喜地对我说：妈妈，我的心都要化了！

阿尔姗娜沉迷于这匹赛马场唯一的小马，这是她熟悉的王子与黑玫瑰孕育出的活泼的新生命，它仿佛她的朋友或者家人。她全然不顾我们的家坐落在一片看不见多少风景的老旧小区，几次很认真地向我央求，要将小月亮带回家饲养，她要跟它一起吃饭，睡觉，玩耍。她什么也不考虑，像一阵自由来去的风，全凭生命的冲动行事。

或许，也只有天真无邪的孩子，才能跟一匹野性刚健的马心灵相通。他们都不会为人间俗事烦恼，不懂人为什么只喜欢拼命地挣钱，却不愿坐在墙根下晒晒春天慵懒的阳光，不懂赛马场的老板跟业务员在煦暖的风里，高声地争吵什么。在他们简单纯粹的心里，世间所有的物质都不重要。春天濡湿的草地，夏日幽静的森林，秋天绚烂的枝头，冬日轻盈的雪花，只有它们，才是生命的本质。生命存活于世，不过是为了看一眼这些洁净的事物。草尖上一滴可以映出天空倒影的露珠,让一匹马好奇地低下高贵的头颅。冬日的雪地上,曼陀罗炸开的外壳中一粒神秘的种子,让孩子们欢欣雀跃许久,仿佛这黑色细小的眼睛,来自另外一个奇特的星球。有时候,马场上空一朵诡谲翻卷的云,会让一匹马抬头凝视整个下午,全然忘了脚下正在啃食的茂密的青草。它在赛马场失去了自由不羁的一生,但它的灵魂,却与千万朵云融为一体。它在幻想中生长出翼翅,从大地上飞离,化为洁白虚空的一团。俯仰之间,它提前终结了三十年的人间寿命。

一个孩子也沉溺于这些自然中虚无缥缈的事物。如果没有成人的打扰,孩子们甚至想要化为大地上一株草木,一只羔羊,一朵蘑菇,一匹骏马。一张百元的纸币在他们的眼中,不过是一张彩色的画纸,可以折叠成纸船、青蛙、风车。至于纸币的交换价值,在尚不能独立行走世界的孩子心中,只是一团无形的空气,他们感觉不到它的存在。一张纸币之于一颗烂漫的心,犹如钢铁之于雨后的彩虹,没有丝毫的意义。

妈妈,我要跟小月亮比赛,看谁跑得更快。

妈妈,我要长出翅膀,飞到云朵上去。

妈妈,我要嫁给王子,让它带我走遍整个宇宙。

妈妈,我要变成一匹马,跑进恐龙王国去看一眼。

阿尔姗娜一边在上百匹马之间欢快地穿梭,一边纵情扇动着头脑中想象的风暴。这个黄昏,每一匹马都与她是一样的。它们个性迥异,有的冷淡,有的热烈,有的温顺,有的暴躁。她可以盘腿坐在草地上,跟躺卧的一匹马说一下午的话。她喋喋不休,它认真倾听,偶尔用鼻中喷出的白气,或者轻微摇晃的身体,与她交流。她有十万个为什么跟它探讨,比如为什么它长得那么高大,她翘起脚尖却只能够到它的鼻翼?比如它为什么是枣红色的,跟它亲密游戏的另一匹,却浑身都是耀眼的斑点?比如它的爸爸妈妈是谁,为什么从不见它们在一起?她就这样细碎地说啊说,仿佛它是她一生最好的朋友,她要将所有隐藏的秘密都倾诉给它。她还试探着亲吻它温软的脸颊,那里有将整个世界融化的暖。小雨赶不走她,大风吹不动她,寒冷冻不走她,她在马群中流连忘返。她真恨不能化成一匹明亮俊逸的白马,这样,她将与它们成为同类,无需言语,就彼此抵达。

孩子们也迷恋骑在马背上的温暖。那里是比妈妈的怀抱还要广阔的天地。当他们拥有了这片无边的世界,就拥有了整个星空。如果有可能,孩子们更乐意在夜晚的星空下冒险,跟随着一匹马,或者千万匹马,前往萤火闪烁的丛林。他们将一颗心坦诚地交给马背,知道一匹马将带领自己穿越茫茫的草原,荒凉的戈壁。他们并不想回家,他们是自然的孩子,与无数的野兽和草木一起,生于荒野,吸纳日月星辰之光,并向着未知的宇宙，永无休止地延伸。

一匹马的使命，生来不是睡眠，而是在深夜机敏地竖起双耳，聆听万物的声响。它能准确地分辨出蝴蝶睡梦中细微的呼吸，一片树叶划过夜色发出的撕裂声，猛兽在茂密丛林中深沉的睡眠，一只夜莺发出高亢的鸣叫，惊醒杂草中的金龟子。人类也在马警惕的范围，你若在它们的身后奔跑，马将以十倍的速度狂奔，并寻找机会用后腿攻击。但孩子们属于无害的同类，一个孩子伏在马背上睡去，马会带她回归家园，或前往安全的旷野。古老的人类想要征服一匹马，不过是因为在马背上，他们发现了生而为人的全部意义：流浪，勇猛，开拓，独立不羁，生死不惧。

孩子是距离万物起点最近的幼小的生命。他们没有任何关于生死的知识，他们因此没有惧怕，远离忧虑，也无惶恐。他们与勇敢的马是天生的伴侣。只有善良的孩童，才不会将马用之于谋生、劳作、战争或者娱乐，他们只是纯粹地热爱。语言在马与孩子之间失去用途，只需对视、抚摸或者亲吻，一个柔弱的孩子，就可以与一匹高大的马，达成全部的交流。

风浩浩荡荡穿过大地，从一个孩子细软的发梢，吹过一匹马粗粝的肢体。这一刻，万物静寂无声，只有两颗自由的心，在风中怦然碰撞。

## 四

负责钉马掌的中年男人,每个月来一次赛马场。他很熟练地将马捆缚在架子上,而后像美甲师一样,打开放大很多倍的"化妆盒",拿出刀铲低头忙碌。他所做的不过是用长柄铁铲铲平马蹄,将多余的脚趾甲修剪得尽可能平整,再将嵌入的杂质清理干净,而后将大小合适的马蹄铁,用钉子固定在马掌上。

在马已经退出实用价值的城市,这一职业日渐成为冷门,没有年轻人再愿意从事。尽管,在北京的赛马场,给一匹马钉四个马掌,时长一个小时,费用大约八百,月收入抵得上白领。但城市有限的赛马场数量,马术比赛拒人千里的贵族气息,还是鲜少有人愿投身这一职业。因此赛马场的每一匹马,似乎都跟钉马掌的师傅熟识,仿佛他是它们鞋子的御用设计师。当他给黑玫瑰钉马掌的时候,小月亮就在旁边好奇地绕来绕去。它暂时还不需要修理指甲,它像来自荒原的野马,有着完好无损的蓬勃的生命力。那些名贵马匹在水泥地上发出的嗒嗒声响,让它惊奇,仿佛它从混沌的远古,一脚踏入了人类文明。聚在一起说说笑笑的人们,也让它诧异。于是它大胆地在人群里穿来穿去,主动逗引着那些声音甜美稚气的孩子。因年幼尚不会被人类驯服的小月亮,享有着上天赋予的不用钉马掌的短暂自由,这自由让它的身体散发出灵动的光泽,让它超越了上百匹血统名贵的赛马，具有了未被征服的天然之美。

　　在马尚未进入人类社会之前，它们并不需要脚踩沉重的马掌。从高山到平原，从草原到森林，它们为了一个物种的延续，机警地奔走在大地上，时刻躲避着敌人的攻击。它们的脚掌在奔跑追逐中，自然地磨损。湿润的草地，没有任何负累的奔跑，让这种磨损有着岁月流逝一般自然的节奏。它们放任灵魂，肆意地踏过河流，穿过草地，飞过沟壑，跨过沼泽，全然不用担心马上的主人会用皮鞭抽打，发出加速或者止步的命令，也不用顾虑身后沉重的马车上的粮草，是否会在颠簸中滑落，并遭来主人的呵斥。它们在雨中静默，即可冲刷掉所有奔波的尘灰，无需依靠人类一遍遍刷洗鬃毛。它们生于五千万年前的山野，也早已建立了物种生存所需的完备法则。它们不依附人类，自由站立于山岗，生生不息，永无绝灭。

　　赛马场上的马，大多被人为去掉了繁衍的本性。它们的繁衍，建立在人类严苛选择的基础之上。挑选那些高贵的品种，跨越爱情这一阻碍，直接抵达生育的终点，这是五千年来，人类为驯化马所做的人工选择。一株沧桑的古树，以年轮的形式，记录它朝着天空和大地努力延展的一生。一匹狂野且不愿被人类驯服的马，则以为爱情而战并繁殖后代的形式，记录它在世间征战的足迹。那匹鬃毛闪烁着绸缎般光亮的儿马，它以干净澄澈的双眸，向路过的人们展示王子与黑玫瑰忠贞的爱情，和在漫长的夜晚隔着马厩隐秘燃烧的激情。这自由浪漫的气息，激荡着人们，也让小月亮成为赛马场受人瞩目的明星。孩子们无一不被这匹可爱的小马吸引，仿佛它是天使，靠近它，即便你是一粒大风卷起的尘埃，也能光芒闪烁。这基于爱诞生的生命，这尚未被人类驯服的蓬勃的力，这可以将人心融化的朴素之光，它是人间永恒宝贵的美。

如果万物皆以平等的姿态，扎根泥土，仰望苍穹，在赛马场，人与马，鸽子与麻雀，蜘蛛与飞虫，打碗花与紫花苜蓿，将化作一幅寂静动人的油画。马有马的孤傲，人有人的谦卑，草有草的羞涩，虫有虫的张扬。这是我们赖以生存的星球上，最素常的一个角落。一朵花爱上了另一朵花，却离不开一只辛勤的蜜蜂，将这爱情酿成甘甜的蜜汁。一匹马眷恋另一匹马，也离不开一根脊背上的草茎，连接彼此亲密的絮语。麻雀在阳光下跳跃，不停啄食着马儿拉出的粪便里尚未消化的草籽，这场景让路过的孩子们觉得欢乐，仿佛发现了世间的奇迹：马儿的便便是青草味的！他们这样开心地叫喊着。这叫喊惊起一群鸽子，它们正捡拾着群马落在地上的大麦，慌乱中拉下一泡屎，呼啦啦飞向不远处的寺庙，那里是它们最好的遮风避雨的家园。那泡匆忙拉下的屎，恰好落在一株草的脚下，成为可以营养它一整个夏日的肥料。一片云途经马场，在围墙的藤蔓上落下一片哀愁的影子，一只蚊子眼前一黑，一头撞进网里，成为蜘蛛的美餐。一位老人领着孩子站在藤蔓前，目睹了这惊心动魄的一刻，并感慨自然界严苛的生存法则。

这个时刻，黄昏的光洒落在大地上，马场的每一个角落，都被这温柔的光线包裹，仿佛再过一会，它们就会成为琥珀一样永恒的存在。上百匹马站在湿漉漉的草地上，进行入睡前最后一次互相清理肌肤的仪式。它们头抵着头，深情地亲吻，爱抚，啃舐，碰落彼此脊背上的尘埃，并以亲密无间的姿势，向对方做一天最后的告别。风从遥远的地平线吹来，激荡着大地，发出寂寥的回响。一匹热爱孤独的青马，躺倒在凉意沁人的草地上，微闭着双眼，打了一个舒适的滚，而后侧耳倾听大地深处两株羊草的私语。就在它的身边，一匹英俊的白马，低下头，一秒钟进入了梦境。被人类饲养的马，很少再有被豺狼猎捕的危险，但它们的一生，始终保持着半睡半醒的警觉与机敏。这高度的警惕，让它们在人类的马鞭下负重前行，却又葆有着独属于马的孤傲。于是，一匹黑马与一匹红马，它们在一天最后的光线中，一边用马尾驱赶着蚊蝇，一边竖起了敏锐的双耳，发出隐秘的嘶鸣。这永不能翻译的马语，阻碍了那些试图靠近的脚步。人们站在凉意四浮的草地上，忽然间发现，在马广阔的世界里，人类如此地多余。

只有一个孩子，站在黄昏的赛马场，目睹了这场与爱有关的盛大的秘密。

# 山河沉醉

## 一

临近新年的一个夜晚,天冷得出奇。大地冻成巨大的冰坨。风横扫过山野,发出古老尖锐的声响。

在鲁西南山城的小酒馆里,三个散落天南海北的山东人,偶然间相聚在这里。酒在杯子里满满漾着,肉在火上咕咚咕咚作响,菜热气腾腾地暖着人的肠胃。一粒漂泊异乡的种子,回到故土,抖抖风尘仆仆的身体,微醺中开始抽枝展叶,迸发生命原始的激情。

此刻,我的童年在一百八十公里外的泰山脚下葳蕤丛生。风横贯千里,从广袤的内蒙古高原上呼啸而来,带着扫荡整个世界的凌厉和狂野。风也激荡着我的身体,并借助狂欢的酒神,搅起万千波澜。

酒馆外的世界,依然是人们习以为常的鸡零狗碎,抑或醉生梦死。车水马龙中，欲望裹挟着欲望，人群碰撞着人群。高原上吹来的烈烈大风，也未能阻挡摩肩接踵的人们，朝着功名利禄，朝着喧哗奢靡，在连接生死的大道上狂奔。银河系中的亿万颗恒星，正穿越十几万光年的距离，在夜空中散发璀璨光芒。这永恒的星空，与我们所居住的星球遥遥相望。或许，四十六亿年以来，它们彼此从未改变过这样深情又互不打扰的对视。只有栖息在这片大地上的人类，以金戈铁马的征战，刀光剑影的厮杀，书写着残酷的种族生存史。

我的兄弟姐妹和父母亲朋，他们在我已经陌生的故乡，正鸡飞狗跳地忙着生活。裹挟了我整个少年时光的急躁与怨怒，争吵与攻讦，化作顽固的病毒，即便我辗转千里，读研考博，成为体面的大学教授，它们也未曾从我的生命中彻底消失。当我在与故乡毗邻的山城里喝酒，那些潜伏几十年的病毒再一次肆虐。它们穿越百里，抵达窗外，化作猛虎，在氤氲的热气中凶猛地嗅着沉重肉体的气息。

风紧贴着沉睡的大地，呼呼地刮着。夜色包裹住寂静的星球，万物在睡梦中发出神秘的呓语。失眠的人孤独中大睁着眼，一头雄狮于森林中机警地一瞥。世界在人与野兽的注视中，微微晃动一下，随即又沉入浩瀚无边的梦境。只有风，这夜晚的守卫者与征服者，刮过五亿平方公里的星球，掠过一百三十亿光年距离的遥远星系，最后，在万家灯火中寻到热气腾腾的一盏,沿着冷飕飕的墙根,好奇地逡巡着。

大胖老板娘扯着煎饼味道的大嗓门,在自家一亩三分地里王者般威风地穿梭来去。她还是一头母狮,随时准备伺机而动,收缴某个食客挑剔的肠胃。年轻白净的男服务生利索地在"羊肠小道"间游走,并以一脚跨过整个酒馆的豪迈气势,源源不断地输送着酒肉饭食。年迈的阿姨以缓慢的生命,慢慢擦拭着桌椅,收拾满地的狼藉,对吃饱喝足离去的食客,报以沉默的微笑。一帘之隔的厨房里,传来锅铲碰撞的热烈声响。滴水的鱼肉倒入沸腾的油锅,瞬间炸裂。火焰舔舐着锅底,以大地拥抱万千生命的热情,唤醒新鲜的食材,散发诱人清香。这是夜色隐匿下人间的一角,火热生活的一角。

东北大拌菜、麻汁黄瓜、糖醋花生、丸子汤、凉拌猪耳、猪肉饺子、牛肉砂锅,满满挤了一桌,全是家常菜。它们没有载入美食史册的声名,却慰藉了无数普通人的肠胃。千里迢迢相聚,或许人生中仅此一次放纵豪饮,所以菜可以籍籍无名,酒却一定要是好酒。为这一场不知会不会再有重逢的相聚,朋友竹拿出珍藏十几年的茅台,每人斟满一杯。今夜,我们不醉不归。

肉身是什么,功名是什么,人间世俗是什么,阿谀奉承与尔虞我诈,又是什么?此刻都不重要。美酒让我们只剩下可爱轻盈的灵魂。冯跟竹一起长大,亲如兄弟,读书时都曾将热血青春奉献给文学女神。而今,他们一个穿了干净熨帖的中山装,在山城酒店大厅迎来送往，一个混迹于京城媒体，为一场场人间事故记录是非曲直。命运将我们随意地洒落齐鲁大地，又在长大成人后，任性地吹离这片土地。冯离开村庄，抵达山城，做一份可以养家糊口的工作，但却将心沉醉于篆刻。竹更换了十余份工作，却从未放弃过对于文学的热爱。而我，凭借读书，一路北上，在北疆的烈烈大风中，安心于教书写作。文学像一盆火，用微弱但却从未熄灭过的热与力，鼓舞着我们，也引领着我们，抵达远方，再会聚山城。

青春的激情早已逝去，但一杯醇香的美酒再次点燃了它。冬日的大风剧烈撞击着窗户，以扫荡一切的威力试图破门而入。有人呼朋引伴走入酒馆，全身裹挟着冷风。热气很快将冷风击退，人们脸上重现红润的光泽。等到一杯酒下肚，寒冷便荡然无存，满屋热气升腾，仿佛春天悄然抵达。

这奇妙的液体，在封闭的瓶中沉睡了几千个日夜，只等某个夜晚瓶盖砰然打开，它们化作精灵，翩然溅入酒杯。我们已经说了太多的话，又似乎说得还远远不够。或许，我们什么都不必说，只需端起酒杯；人生的欢乐与哀愁，迁徙的艰难与疼痛，聚散的无常与梦幻，都在这一杯绵软悠长的酒里，并经由被世俗生活千百次锤炼锻打的凡胎肉体，抵达灵魂栖息的寂静丛林。

在这片丛林中，大风后退三千公里，严冬被春日取代，繁花铺满千沟万壑，树木向着漆黑的天空，伸出无数深情的手臂。

飞鸟偶尔划过，惊落草尖露珠。就在洒满月光的林中空地上，我的灵魂犹如脱壳的金蝉，飞离沉重的肉身，在山间溪水的叮咚声中，永无休止地起舞……

我想亲吻整个世界，我想爱抚每一片草茎，我要敲击洪荒深处的晨钟暮鼓，拥抱所有与我的生命擦肩而过的人。我的心里奔涌着洪水一样席卷一切的欲望，我要与酒神共舞，狂欢。就让所有的悲悯包裹起邪恶，所有的美好覆盖住阴暗，所有的善良长驱直入，驻扎纷乱的人间。

而我，愿沉醉这片月光下的丛林。犹如一片树叶，轻轻坠落明净的湖面。

我想我醉了。

## 二

酷暑，蝉鸣聒噪，夜色不安，我站在千佛山脚下一个面目模糊的公园里，仰望星空。在我们栖息的城市，星空总是朦胧不清，仿佛每一颗星辰，都生来对人类这种世俗的物种，保持警醒的距离。人类是一面巨大的镜子，让亿万颗星星照见它们的纯净与永恒，也照见尘世的浑浊喧嚣和从未休止的争战。浩荡的风从宇宙深处席卷而来，穿越苍茫的大西洋、印度洋、太平洋、东海、黄海，飞过高耸入云、或许有神仙出没的泰山，抵达千佛山脚下，而后贴着热气腾腾的地表，缓慢停滞。

这个三面环山的城市，即便在万物沉寂的夜晚，依然被躁动裹挟。空气黏滞沉重，氧气稀薄，人们在睡梦中发出的鼾声和呓语，也蒸腾着暑气。回忆的通道在星空下变得拥堵，混沌。我努力地擦拭罩住十年前一小段光阴的玻璃外壳，试图看清被我埋葬的生活的细枝末节：我如何在这里相爱，生恨，争吵，离去，而后义无反顾奔赴蒙古高原。时光厚重的尘埃黏附在记忆的表层，原本鲜活生动的人生切片，变得暧昧不清。我甚至怀疑我是否在这座公园旁边生活过。那个在咯吱作响的木地板上，奔来走去为朋友烹制晚餐的我，是真的还是假的？为买下这座老旧房子，与男友走遍整个城市的女孩，她是此刻已在塞外生儿育女的我吗？那个在朋友家高高的阁楼上，一边喝酒一边听着一墙之隔的动物园里狼吼虎啸的我，她活泼盎然的肉身，又去了哪里？是金蝉一样在某个神秘莫测的夜晚蜕去，留在一棵枝繁叶茂的梧桐树上了吗？那么此刻的我，还是不是过去的我？而灵魂是否也跟着肉身一起衰朽，不复过去的欲望勃发？

一切都在燥热的夜晚蠢蠢欲动，却又不发一言。风越过草木疯长的地表，掠过密不透风的树林，在近乎凝滞的空气中发出疲惫的钝响。玉兰美而肥硕的树叶相拥而眠，梦境中依然不忘亲密私语。黄栌蓄力以待，等待尚在途中的秋天，意欲将一身浓郁的绿，换取满树燃烧的红。丁香放任自我，香气无孔不入，侵蚀着每一个夜色包裹的角落。只有木槿，隐匿暗处，悄然绽放。它们的影子落在高大的白杨树上，低矮的灌木丛里，爬满蔷薇的灰暗水泥墙上；有风吹过，便婆娑摇动，将夜晚晃出无数细碎的涟漪。

就在夜色笼罩的公园里，我看到十年前朝气蓬勃的我，像一只优雅矫健的小鹿，奔跑在黢黑的树影中。由法桐油松圆柏女贞黄杨构筑而成的茂密丛林，击退城市的喧哗，将马路上一浪浪袭来的声响，化作夜晚海面上暗涌的波涛，或沿园林围墙逡巡低吼的野兽。幽静的跑道上空荡荡的，偶尔会在一株侧柏的后面，看到一个男人，在夜色掩映下解开文明的衣裤。他对着夜空解除肉身欲望的方式，跟一只旷野中的狼，或者小巷昏黄路灯下抬起后腿射出长长一泡尿的野狗，没有什么区别。

公园一侧的高楼，与十年前毫无二致。仿佛那些灯在漫长的时日里，一直以渴睡的面容无声无息地亮着。楼房的主人或许也从未有过更换，他们只是被灯光照得鬓角白了一些，面容干枯了一些，动作迟缓了一些。只有遮掩后窗的树木愈发地粗壮，似乎它们的年轮，代替这座楼房里健忘的人们，将他们的衰老与悲欢，一一记下。我旧日的爱情，就隐匿在这些落满尘埃的窗户后面。我甚至确信，那个陪我一起度过七年人生的恋人，与楼房里进出的陌生人们一样尚未离去。他依然在我们一起粉刷过的房子里，生儿育女，上班下班。K93路公交每日从门前摇摇晃晃经过,他上车前会按部就班地先送女儿去幼儿园,而后回返,重新走到站牌下,在烈日炙烤中夹着公文包,等待新的公交慢慢抵达。

昏暗的路灯下,一对恋人正背靠着一丛灌木热烈地亲吻。他们水乳交融般的忘我姿势,犹如此刻隐匿在静寂草叶下交合的蜗牛,或者水边朝生暮死却依然飞蛾扑火般坠入爱河的蜉蝣。恋人的身体湿漉漉的,鼻翼闪烁着让人心旌摇荡的汗珠,蚊子们循着爱情诱人的气息,列队前来寻找猎物。虫子们被搅缠的舌头蛊惑着,在暧昧的光影里发出动人心魄的鸣叫,仿佛为这段即将抵达高潮的亲吻,举行盛大的庆祝仪式。只有夜晚绕公园慢跑的人,习惯了树丛背后的秘密,漫不经心地瞥上一眼,便继续漫长的奔跑。

我——走过夜色掩映下的丛林、草坪、竹园、池塘,用已近中年的躯体,唤醒葬于此处的过去的青春。我小心翼翼、亦步亦趋地跟着十年前的自己,怕打扰惊吓到她,或者触怒了她,让她转身对我质问,我是如何不顾一切地抛下一个旧人,奔赴新的爱人的?人又是怎样一种喜新厌旧的动物,可以跟一个人亲如一家,转身又形同陌路,相忘江湖?你忘记的究竟是一个人,还是一段生命,再或过去的自己?难道,你所怨恨憎恶的,不是你人生的一个部分?

我不知如何回答这些质问,于是只能诚惶诚恐地低头走着,并在公园门口劈面而来的庞大的高架桥下，和无数被灯火点亮的迷宫一样的"蜂巢"面前，迷失了方向——我已经完全认不出过去生活的痕迹。小区门口卖煎饼馃子的，开中药铺的，售五金的，炸油条的，清洗油烟机的，收购旧家电的，统统从我的记忆中消失，仿佛它们从未在这片喧闹的居民区出现过，所有缭绕着烟火气息的生活片段，都是我自以为是的幻觉。连同过去的我，也是一段醒来便消失无痕的梦境。

我只是途经这个燥热的城市，被空气中充塞的熟悉的方言忽然间触动，于是下车，拖着行李，沿着黄昏的公园，寻找被我埋葬的爱情的印记。我走遍了东西南北四条大道，和交错纵横的曲折小巷，与一个个面目模糊的路人擦肩而过，他们有着千篇一律的面容，仿佛汇入汪洋的水滴，转眼就被人忘记。我走进一个老旧小区，看到陌生的老人，孩子，猫狗，衣着笔挺的职员；因为夜色，他们的表情松弛舒缓。斑驳的防盗门将车水马龙阻挡在滚烫的马路上，生活在门窗之后，回归自然本色，犹如坚硬的大米，化为柔软黏稠的粥饭。我从一个小区，又走进另一个小区，我看到每一个角落，都如显微镜下排列有序的细胞，充满让人惊讶的相似之美。

就在我从一扇已经不能合拢的单元门口经过，决定放弃寻找的时候，我看到一个头发灰白的女人，沿着昏睡的路灯，神情愉悦地向我所在的位置走来。像是被一股奇异的飓风击中，我在一瞬间认出那个苍老的女人,是曾经恋人的姐姐!他一定有了第二个孩子,而且是刚刚满月的宝宝,因为姐姐的手中提着一篮新鲜的鸡蛋,还有一大袋初生婴儿所用的尿不湿……

我迅速转身,逃至隔壁单元门口,背对着她,假装正借着昏暗的灯光,认真辨认门口的物业缴费通知单。一只蝉像从梦中惊醒,急遽地鸣叫一阵,随即偃旗息鼓。我听着脚步声越来越近,而后在距离我几米远的地方,拐进黑暗的楼道,慢慢向半空走去,最后完全消失,夜色倏然合拢。

遥远的天边隐约有鼓声大作,也或许,那是我的心跳,因坠入时间隧道,受到惊吓而擂出的鼓声。我在奇特的穿越幻觉中,快步离开小区。汇入人流的瞬间,我转身,看到黑暗中小区破败的门牌上,一个"洪"字在夜晚摇摇欲坠。记忆终于破窗而入,那是小区名字中的一个字。所有逝去的一切,重新植入我的生命。

我摁着胸口剧烈的心跳,知道可以将这个事故突发的夜晚,抛入洪流,而后转身上路。

三

神仙们途经重庆的上空,探头看到云雾缭绕、江水浩荡的山城,一定会毫不犹豫地选择隐居于此。四季弥漫的大雾,自会让他们在天上人间逍遥来去,丝毫不被俗世的喧哗打扰。地上的人们挥汗如雨地吃着火锅,吸溜着小面和酸辣粉,在巴山夜雨中扭亮了灯盏,呼朋唤友地去茶馆里吃茶,将琐碎的家常天长地久地絮叨下去。身轻如燕的神仙们,则在半空里自由穿梭,风雨无阻。高大遒劲的黄桷树,是他们最好的抚琴弄弦的去处。地上的人只闻仙乐飘飘,并不知神仙们隐身何处。人间与仙境,被浓雾隔开,互不干扰。一个真实可触,热气腾腾;一个虚幻缥缈,无影无踪。烟波浩渺的长江直通天际,地上的人和天上的仙,时空相隔,却又水乳交融。

我当然做不了腾云驾雾的神仙。就在黄昏抵达之前,我错过了中转飞机,眼睁睁看着它神秘地消失在云气低沉的天空,于是只能叹口气,拖着行李,任由司机载着我,在初冬湿冷的黄昏,沿着蜿蜒盘旋的山路忽上忽下,忽左忽右。直到朦胧的雾气被闪烁的霓虹慢慢推开,整个山城陷入梦境般的灯火世界。

这是南方的冬天,满眼依然郁郁葱葱,绿色犹如江河,沿着马路倾泻而下。只是这苍郁的绿稍显凝滞,仿佛秋天过去,一切流动的生命都在冷风中关闭了门窗。昔日生机勃勃的万物,隔了磨砂的玻璃看过去,便缓慢下来,不复盛夏的激情。此时,遥远的蒙古高原上大风呼啸,草木凋零,满目萧瑟,世界裸露出瘦削的骨骼,不过是一场大雪,这清癯的骨骼也被覆盖,一切化为虚空圣洁的白。

但这里是重庆，交错纵横的江河是大地上奔腾不息的血液，浩浩荡荡，日夜不休。这涌动的千军万马，破开试图冰封一切的凛冽的风。绵延不绝的大山，更是将长驱直入的风雪毫不客气地拦阻。随处可见的火锅店，让舒缓沉静的冬天，变得更温暖了一些。老板娘大敞着门，坐在门口的长条凳上，边嗑着瓜子，边注视着门外纷纷扬扬的银杏树叶，在细雨中永无休止地飘落。也只有这梦幻般飞舞的色彩，让人能够感觉到冬天并未忘记这个城市。有时一阵风沿街吹过，满地落叶飞旋，仿佛千万只蝴蝶翩翩起舞，又像无数精灵在人间追寻着什么。倚门而望的女人，等待红灯的司机，匆匆行走的路人，蹒跚而过的老人，都会被这倏然而起的奇异之美吸引，出神地凝视片刻，侧耳倾听万千树叶追逐时，发出的亲密私语，仿佛他们的一生，也化为静美的落叶，在南方的冬日午后，散发动人心魄的金黄色泽。这色泽如此迷人，蕴蓄了生命的慈悲，不发一言，却包容万物。

就在这场决绝的凋零中，我还瞥见一小片寂静的人间。它隐匿在我所暂居的高楼背后。高楼的旁边，是一座横跨南北的过街天桥，天桥上人来人往，天桥下车水马龙。隔了紧闭的窗户，我听见整个城市的噪声蜂拥而来。人们的喊叫声，车轮的摩擦声，小贩的叫卖声，轮船的鸣笛声，江水的拍岸声，孩子的哭闹声，商场的广告声，地铁的呼啸声，交融在一起，又化为巨浪，无孔不入地灌入我的双耳。我没有打开行李，只在窗边站了片刻，确定如果在此休憩一晚，我会被巨大的噪声完全吞噬，于是转身出门，前台调换房间。推门而入，看到水汽朦胧的窗外，那栋在细雨中静默无声的老旧居民楼时，确信这里才是我想抵达的人间。

这是一座长满绿色花树和果树的老楼。三角梅铺满楼顶，又从半空中高高垂落，将裸露的水泥变成蓬勃的绿色丛林。这时节它们收起红的粉的黄的紫的橙的白的花朵，只用绿色装点着清冷的冬日。几棵盆栽的瘦削的橘子树，一边在冷风里眺望着远处缓慢前行的江水，一边思考着行将逝去的一年，有多少果实沉甸甸地挂满过枝头。一株长至两米多高的白兰，将夏日所有洁白的清香全部忘记，只优雅地探出身去，注视着此刻薄雾缭绕的人间。不远的阁楼上，一群静默无声的鸽子，被忽然间响起的汽笛惊飞，在半空中自由地盘旋片刻，随即落回人间，化作休止的音符。

这栋建于二十世纪八十年代的老楼，有着简单干净的红砖墙面，遒劲茂盛的黄桷树环绕四周，让它更显古朴沧桑。午后，黄昏还未抵达，一切都悄无声息。孩子们尚未从学校归来，老人们则在躺椅上昏睡。完全敞开的阳台上，衣服湿漉漉的，带着主人双手的余温。这一小片空地，是世俗生活从客厅向窗外的诗意延伸，一览无余地呈示着家家户户私密的一个部分。四楼三户的人家，守旧而且节俭，锈迹斑斑的老式脸盆架上，放着古老印花的红色双喜搪瓷盆。秋衣秋裤宽松肥大，软塌塌的，不甚讲究，却有着慵懒的舒适。一双鞋子随意地摆放在水泥台上，一只朝着昏暗的客厅，一只向着隔壁人家瘦高的木槿。拖把斜倚在栏杆一侧，青苔沿着拖把长年积下的水渍，爬满红砖的缝隙，又流到石棉瓦材质的雨搭上。隔壁人家的生活里，似乎只剩下花朵。他们将不大的露台变成空中花园。棕榈，蒲葵，绿萝，三角梅，扶桑，多肉，橡树，密密匝匝地拥挤在一起，仿佛在开一场临近岁末的盛大演唱会。一阵风吹过，枝叶婆娑起舞，彼此热烈地爱抚。它们充满了这片小小的天地，也隔断了外人看向主人更为隐秘生活的视线。我捧着一杯茶看了许久，直到茶水凉了，这片花园始终没有人出现。大约，种花的人早已将繁茂的花草忘记。倒是五楼右边的人家，空空荡荡的阳台上，总有一个穿了珊瑚绒睡衣的女人出出进进，门也随之关关合合，发出低沉沙哑的声响。空旷的天井里，一个老人轻咳着走过，不过片刻，世界又重陷寂静。

这是日常生活趋向永恒的一个切片，隐匿在千家万户的阳台上，远离城市冷硬的写字楼，让人头晕目眩的商场，气息浑浊的酒吧，人流蜂拥的步行街。一切喧哗流淌到这里，都被小巧的空中花园阻挡，过滤，最后化为虚空。风在半空中弹唱，鸟在枝杈间鸣叫，花朵消隐为无，五谷杂粮穿肠而过，消解万千人间哀愁。

走出这片时光静止的居所,就在细雨飘落的大街小巷,临街的茶馆和火锅店里,人们正举杯碰盏,谈笑风生,用另一种热烈的方式,消解着人生烦恼。肥肠鱼店丰满圆润的老板娘,上锅前先将一叠瓜子满满地端上来,让食客们说着闲话慢慢地嗑。长凳有些凉,一圈人坐上一会,喝酒聊上半天,鲜美的鱼肉吃上几大碗,门外涌入的冷飕飕的空气也就热了。再喝上一壶热茶,棉服就可以脱了,高高地堆在凳子上,任其吸附着饭馆里的高谈阔论和麻辣鲜香。

隔壁猪肉店的案板上,膀大腰圆的老板正麻利地剁着猪排。割完肉的老太太,提着三斤精肉,两斤小排,一包猪耳,背着手,缓缓走出店铺。门口地上两个摆在纸箱上的硕大猪头,正眯着眼,仰着鼻,竖着毛发,支棱着双耳,看向昏黄的天空。老太太走出去两步,忽然停下来,回头盯着沾满血迹的猪头看上一会,微微笑笑,继续前行。

我沿着山坡慢慢向上走,银杏树叶一片片飞落脚下,又亦步亦趋地跟我走上一程。人们把自己裹在衣服里,沿街嗅着饭馆飘出的香味,去猎取一天最后的吃食。我走了许久,最后,在一个拐角处停下。多年未曾相见的朋友,正在热气腾腾的火锅店里,等待我的到来。

别来无恙。我们没有表达彼此绵长的思念,也未曾许诺未来的相聚。仿佛多年之前的相见，不过刚刚结束；未来某日的重逢，也会自然抵达。面前沸腾的火锅，足以代替一切冗长啰唆的解释。一杯甘润柔和的诗仙太白酒，也纳括了漫长的时光。毛肚，鹅肠，肥牛，黄喉，郡花，腰片，鸭血，豆花，儿菜，魔芋……一片片放入滚烫的锅里，等着色泽变暖，从火红的热汤里捞出来，蒜泥蚝油中轻轻打个滚，将它们全部送入肠胃。此刻，什么喜怒哀乐，爱恨情仇，全都可以忽略，我只要酒肉穿肠，风月无边。

微醺中扭头看向窗外，只见落叶飞舞，满城金黄。

## 四

一壶茶已经喝得淡了，太阳还没有晒完。

这是内蒙古高原的冬天。从暖气充足的房间向外看去，阳光耀眼，世界空旷。侧耳倾听，一群狼发出苍凉的吼叫，那是每日都席卷高原的风。坐在每粒尘埃都被照亮的阳光下，紧闭了门窗，风的怒吼更是可以忽略不计。这一次次要将整个世界撕成碎片的风，从地壳的最深处发出，又被北半球肃穆的森林，起伏的山脉，冰封的河流层层过滤，最终抵达人们的窗前。世界在舒缓的风声中，万籁俱寂。

太阳似乎将所有的光，都慷慨地洒在了这片广袤的高原上。

我与朋友面对面坐着，彼此沉默，只抬头注视着让人沉醉的天空。那里有洁净的蓝，和深邃的空。我的额头有些发烫，脸颊红通通的，头发燃烧起来，从毛囊深处发出细微的声响。老去的皮肤在阳光下绽开，死去，新鲜的肌肤裸露在外。身体沐浴在饱满的阳光里，慵懒，自由，每一个细胞都悄然张开，发出幸福的咏叹。这一刻，如果我的生命消失，也没有什么。不管它被人葬于奢华的墓地，还是寂寥的荒野，抑或腐烂成泥，无人知晓，都不重要。仅仅这片溢满房间的光，就足以让我和朋友觉得，这一场千里迢迢的相聚，是此刻生命存活于世的全部的意义。即便此后我们回归琐碎日常，永不相见，它依然会照亮我们漫长单调的岁月。

　　茶水已经凉了，清淡中映出窗外一小块深蓝的天空。剩在碟中的驼奶酪慢慢变软，泛着即将消融的淡淡的哀愁。一对年轻的情侣牵着手，从楼下说说笑笑走过。一株落光了叶片的丝棉木，站在覆着薄薄积雪的湖边，满身鲜艳的粉红果实，化作一簇簇火焰，在背阴处噼啪作响。金银木和火炬树站在阳光下，向着深蓝的天空发出快乐的尖叫。一个孩子摔倒在雪地里，却耍赖似的趴着不肯起身，只昂起圆滚滚的小脑袋，对着妈妈哇的一声咧开嘴，发出委屈的哭喊。散落在枝杈间的积雪，受了惊吓，纷纷扬扬地飘落，并借此完成生命中最后一次自由地起舞。阳光包裹着的大地，晶莹剔透，在午后泛着白亮轻盈的光。

越过重重的树木和楼房，会看到远山如黛，横亘天际。那是绵延起伏的阴山。此刻，山顶积雪皑皑，犹如圣洁的哈达，飘逸千里。群山在凛冽中，现出脉脉深情。

就在大风呼啸的高原上，我和朋友坐在窗边，饮完了绿茶，又喝奶茶；吃完了奶酪，又嚼牛肉干，还有米嘎达和黄油酥饼。窗外天寒地冻，房间里却暖意融融。我们沐浴了几个小时充足的阳光，说了许多细碎的话，又似乎什么也没有说，只是安静地坐着，享受这稍纵即逝的美好。

也只有在这样千里冰封的冬日，从遥远的南方飞抵北方的人，落地后横穿整个城市，从阴山脚下行至昭君墓前，再一脚踏进热气腾腾的房间，脱下笨重的棉衣，坐在窗下喝完一杯阳光煮沸的滚烫奶茶后，才能真正地理解生活在内蒙古高原上的人们，他们深入骨髓的热烈，是怎样来的。

我究竟是如何被命运的大风，偶然间吹抵这片广阔大地的呢？就像秋天在戈壁荒原上追着大风奔跑的沙蓬草，它们一生的命运，神秘莫测，动荡不安。挂在灌木丛中，就在灌木丛中繁衍生息；跌落砂石瓦砾，就在砂石瓦砾间争抢阳光雨露；逢着肥沃良田，就在肥沃良田间蓬勃向上；落在车辙印里，就在车辙印里躲避倾轧。命运裹挟着它们，随意潦草地安置它们，却从未改变它们漫山遍野落地生根，又在秋天的大风中，义无反顾奔赴新的家园的浪漫基因。

一切都是偶然，一切也都是必然。所有不可预测的神秘"此刻"，都是承载我们命运的河流浩荡途经的"必然"。这无数的"点"，组成辽阔的生命的"面"。我们行走一生，也无法知晓将在哪里停驻，靠岸，或者抵达。唯一明了的，是所有生命的航程，都从出生开始，在死亡处终结。就像长江从青藏高原出发，最后注入东海；黄河从巴颜喀拉山出发，最终抵达渤海。它们漫长的一生，行经无数的"点"，冲击出大大小小的湖泊，但从未改变过起点与终点。人的一生，也不过是江河一般，蜿蜒曲折，却又向着死亡浩浩荡荡，勇往直前。

或许，当朋友在酷寒的北国大道上走过，看到厚厚冰层下汩汩涌动的泉水，辽远的天空上空无一物，风席卷了一切，却并未改变大地上的事物。山河依旧，日月永恒。衰朽的生命行将消亡，新鲜的生命蓬勃向上。这个时刻，朋友将会理解我为何选择顺从于命运，一路北上，最终在苍茫的草原上，化为一株大地上日夜流浪的沙蓬草。

就在这座树木稀少、终日大风的边疆城市，我寻到了灵魂的自由。我可以长久地坐在窗边，沐浴着日光，沉入孤独，又在这块小小的方寸之地上，心骛八极，神游万仞。一切喧哗都被阻挡在窗外，被大风撕扯成无数的碎片，而后化为尘埃。树木在长达半年的冬日里，裸露着枝干，将本质直指天空，那里是同样裸露的空。有时，我会出门走走，避开拥挤的闹市，去阴山脚下听一听树叶从半空簌簌落下的声响，看一看每棵树在古老的时空中如何缓慢地生长。飞鸟与野兽隐匿在山的深处，发出遥远的呼唤。芒草在夕阳下摇曳，冷硬的山石散发出醉人的光泽。我在崎岖的路上走着，或许这样一直走，就可以抵达山后那片永恒的蓝。即便无法抵达，也没有什么，我将在这样的行走中，化为途中的白桦、油松、山丹、格桑，或者寂寂无闻的野草。生与死，都无人关注，也不需关注。我就这样站立在大地上，安静地度过漫长又短暂的一生。

当我离去，我什么也不带走。我所历经的爱与风景，皆化为饱满的种子。我将像沙蓬草一样在大地上流浪和歌唱，将那些种子，散落在每一寸可以让爱重生的土地上。比如河流，沃野，山川，戈壁，森林。而后，我会像一只临终的野兽，在无人的旷野里缓缓停下脚步，化为泥土，消泯于无尽的空。

那时，请不要为我哀伤。我饮下最后的一杯茶，对朋友说。

# 众　生

## 一

这是初夏，黄昏悄无声息地抵达人间，万物在即将隐匿的光里，散发勃勃生机。

风穿过高楼，沿着城市繁忙的中央大道，流入纵横交错的街巷。最后，风被一株枝繁叶茂的山楂树牵绊，在簇新的草坪上流连忘返。一朵活泼的蒲公英，迎着清爽的晚风翩然起舞。夕阳正孤注一掷，将最后的生命投射在对面的高楼上。于是，一整面玻璃幕墙便燃烧起来，每个抬头仰望这座高楼的人，都会忍不住发出赞叹，为这近乎永恒的璀璨一刻。

我和中介小姜坐在小区中心花园的台阶上，着迷于那团熊熊燃烧的火。此刻，世间的一切都与我们无关。房子，车子，爱情，婚姻，欲望，生老病死，相比起巨大幕墙上折射出的星空般奇异迷人的世界，都无足轻重。黄昏漫过整个城市，汇聚成光芒四射的火焰，矗立在我们的上空，宛如神灵降临。

这光芒也照亮了人间的一切。高贵的小区愈发骄傲，每一株静默的植物，都散发着朴素的诗意。人们如倦鸟归林，沐浴着晚霞陆续返回家园。一束光落在门卫粗糙的鼻翼上，原本卑微的看门人，在汽车卷起的灰尘中，瞬间有了人类的尊严。蔷薇从围墙上倾泻而下，怒放的花朵溅起金光点点。一群飞鸟穿过城市的上空，发出激越苍凉的鸣叫。

此刻，在这个广袤的星球上，万物平等，彼此相爱。穿了廉价黑色制服的房屋中介小姜，买不起高档小区却又沉迷其中的我，正与开了百万豪车出入的居民一起，共享这即将逝去的黄昏。晚风吹来蜀葵缥缈的香气，它们正在一门之隔的老旧小区里肆意生长。那里还有一排倚墙而坐的衰朽的老人，闭目晒着太阳；世人已将他们忘记，他们也似乎忘记了世人。在拔地而起的高楼大厦面前，这处只有两栋低矮楼房的"老破小"，散发出让人哀伤的寒酸之气。但阳光并未将这里遗忘，它们每日悄无声息地抵达，流经破损的门洞，褪色的墙壁，生锈的窗棂，老朽的古槐，也照亮在楼顶水泥夹缝中艰难求生的灌木——那是一只途经此处的鸟儿无意中留下的作品。偶尔，阳光也会照进漆黑的楼道。那里堆满了被人抛弃的锅碗瓢盆，废弃的家具家电，三十年的尘埃飘落下来，一切都破败腐烂，化为垃圾。就连形同虚设的防盗门里进出的人们，也一脸暮气，如同出入一座即将坍塌的坟墓。只有两栋楼房之间寂寞的空地上，一株沧桑的柳树，依然朝着黄昏中的大地，垂下万千活泼的枝条。

老人们天长地久地倚在墙根旁，讨论着水费、电费、维修、菜价、疾病以及死亡。他们的一生，如无意外，必将在这栋黯淡的民居中终结。铁栅栏隔开的花园甬道上，衣着体面的上班族正优雅地经过；白发苍苍的退休老教授们，也挺着高傲的脊背，目不斜视地走过。但老人们早已不再关心这些世俗的差异，世间所有的界限，都被打通，他们站在生与死的门槛上，平静地注视着每一天消逝的星辰。

可是，我和小姜关心。这差距在我们心里，犹如不可跨越的鸿沟，朝着更遥远的黄昏轰隆轰隆地裂开。

这栋楼虽然老了，可是它距离学校非常近。小姜注视着背着书包叽叽喳喳放学回家的孩子们，温和地对我说。

不，我永远也不会买它。我轻声但却坚定地说。因为一旦我买下了，每日穿过这片城堡一样的高档社区，消失在堆满三十年废弃光阴的楼道里的时候，这巨大的差距会将我吞噬。我不能让自己的人生，一步退到上个世纪。

如果这个高档小区有房子的话……小姜犹豫道。

可惜我买不起。我抢先一步说完，而后哈哈大笑。

小姜也笑。一抹阳光落在他年轻饱满的额头上，让刚刚大学毕业的他，看上去愈发地朝气蓬勃。他还没有被房产中介这个行业，消磨掉校园最后的纯真。他持之以恒地带我看所有他认为适合我需求的房子，每次被我否定，从不会喋喋不休地继续推荐，而是耐心地承诺继续为我寻找新的。

此刻，我们沐浴在风里，静享初夏静谧的黄昏。榆叶梅在我们身后悄无声息地伸展，侧柏笔直地插入高空，芍药在暮色中低头自顾芬芳，蜀葵粉红的花朵挤满瘦削的茎秆。草丛上跳跃着金子，麻雀呼啦啦飞来，低头轻啄一阵，又呼啦啦飞走。喜鹊在粗壮的白杨下踱来踱去，审视着这片寂静草地上所有微小的生命。那些白杨来自遥远的山野，它们深深地扎进泥土，枝干有多高，根基便有多深。最终，它们悄无声息地长出新的年轮，成为这片昂贵的土地上，引人注目的主人。

我和小姜，一个在为女儿读书寻找学区房，一个在为扎根于城市，坚守着为人找房的工作。我是小姜的第一个客户，能否在这个月开市，几乎成为小姜未来人生走向的隐喻。半个月来，他已带我看过七八套房子。我坐在他颠簸的电动车上，与他一起栉风沐雨，穿街走巷，将这个城市核心地段最落魄的那些部分，一一审阅指点，感慨那些比我们还要年长的破败不堪的房子，存活于世的意义。如果不是临近学校的位置，它们将一无是处。可是，繁华的地段让它们披上高昂的外衣，而后挂在中介所的广告牌上，日日接受买家的瞻仰。

谁会买下这些年迈的房子呢？我和小姜像一对老朋友，真诚地为它们哀愁。或许，那人正在风尘仆仆抵达这里的路上，像黎明穿过漫长的黑夜。或许，他和我一样，经过铺满鲜花的草丛，瞥见相邻小区衣着光鲜的人们，忽然间生出自卑，遂熄灭心头火花，转身离去。或许，那个人永远都不会来。于是这些日日发出沙哑呼喊的房子，这些被主人迫不及待想要抛弃的房子，它们用剥落的墙体，努力支撑着生命的尊严。

最后一缕光线从高楼上消失的时候，我起身和小姜告别。这个黄昏，我们坐在城市黑白相接的地方，说了许多的话。进出高档小区的居民，没有谁会停下脚步，倾听我们与一个房子有关的忧愁。倚在隔壁小区墙根下休憩的老人们，更不会关心这些飘荡的烦恼。我们像汪洋中裹挟向前的泥沙，偶尔发出轻微的碰撞，随即消失在暗涌的波涛之中。

## 二

女孩牧歌像一只误闯入房间的蝴蝶，光脚踩着地板上的阳光，欢快地奔来跑去。

她嘴唇青紫，脸色苍白，跑几步便停下来大口大口地喘气，好像刚刚经历一场艰难跋涉。因为唐氏综合征，五岁的她只有三岁孩子的身高，五官则似永远不会绽放的花朵，皱皱巴巴地蜷缩在脸上。这张小脸看上去有些扭曲，丑陋，好像上天随手扯了一块软泥，漫不经心地捏出来，丢到了人间。每个见到她的人，都会忍不住担心，这张不讨人喜欢的脸，将来如何在漫长的人生中，躲过外人的好奇、轻视、鄙夷甚至排斥？

这样的担心，显然是多余的。天生的心脏病和肺部缺陷，让她在人间的期限即将结束。两天前，她的父母和奶奶带着她，从牧区乘坐火车，千里迢迢抵达我所居住的省城，准备接受北京专家的免费心脏手术。最终，他们排队等来的，是牧歌不仅不能手术，而且很快将离开这个世界的死亡宣判。五年来，时不时就生病住院的牧歌，给家庭带来沉重的负担，家里一次次卖牛卖羊，为她奔波治病。或许，他们坚持了太久，有些累了，所以医生的宣判，并没有给他们带来太多的悲伤，似乎这只是一次习以为常的诊治，在死亡抵达之前，牧歌依然是给全家带来快乐的天使。尽管，她长得不美，至今连一句话也不会说，又在上千个夜晚，因为喘息困难无法入睡，用尖锐的哭声折磨着全家每个人的神经。

此刻，这一切尘世的忧烦，在牧歌心里没有引起任何的波澜。她已被人生的第一次外出旅行，完全地吸引住了。世界在她这里，忽然打开奇特的画卷。一株来自塞外的瘦弱的小草，无意中闯入了大城市，见到琳琅满目的橱窗，熙熙攘攘的街道，她小小的心，被热烈的火焰瞬间点燃。她拖着疲惫的身体，用一颗破损的心脏，感受着这个城市席卷而来的力。她啊啊地喊叫着，说不出一个完整的词语，但她蜗牛一样蜷缩的耳朵，却可以听见任何奇妙的声响。

大人们一脸忧虑地注视着生命即将逝去的牧歌，她却将这样的关注，视为对自己莫大的鼓励，于是她绕着沙发、餐桌、书柜、玩具，猫一样灵巧地旋转，起舞，飞奔。不过片刻，她苍白的额头上便浮起一层细密的汗珠，阳光落在上面，仿佛落在白色的沙滩上，熠熠闪光。那光让她看上去有了一些生命的欢愉，人们便暂时忘了活着的烦恼，重新回到日常的轨道，絮絮叨叨地提及她能吃一碗米饭，喜欢喝营养快线，爱吃土豆，厌倦肉食。她不会说话，时常因无法表达内心所想而脾气暴躁，并将玩具扔得遍地都是。她也没有伙伴，见邻家孩子来玩，便心生恐惧，啊啊叫着逃走。她短暂的一生，永远不会与幼儿园结缘，却喜欢隔着铁门，看与她同龄的孩子们在秋千上荡来荡去。草原上吹来烈烈大风，她孱弱的身体犹如草叶，只微微晃动着吸入一些洁净的空气，便重新陷入了孤独。

其余更漫长的时间，牧歌都跟妈妈在简朴的出租屋里度过。这是为她遮风避雨的温暖的家园，她生于此，也会在不久的将来，从这里离去。在死亡抵达之前，她依然是一只翩翩起舞的蝴蝶，在沙发上快乐地爬上爬下，将客厅里的摆件逐一拿起来把玩，把书柜里的书好奇地翻了又翻。她还从来没有读过书呢，她一个字也不认识，那些蝌蚪一样跳跃的蒙语和汉字里，究竟隐藏了怎样的秘密,她并不知晓。那些汪洋一般浩繁的知识,与她的一生毫无关系,她不需要了解它们,它们也永远不会记住牧歌,一个在我们的星球上稍纵即逝的天使。她带着疼痛的躯壳,在人间磕磕绊绊走过短暂的五年,无数漆黑的夜里,常常因为昏厥,给家人带来无尽的对于死亡的恐惧,而当黎明抵达,痛苦驱散,她欢快奔跑的柔软的身体,又让家人重新燃起活着的渴望。

正是春天,泥土蓬松湿软,植物根茎弥漫着草木的清香。鸟儿在窗外高大的榆树上啁啾鸣叫。天空蓝得耀眼,大片的云朵簇拥在窗前,朝着春光满园的人间好奇张望。一只小狗在风中发出欢畅的叫声,无数蛰伏在地表深处的小虫,慵懒地睁开眼睛,注视着新奇的世界。这是万物复苏的季节,生命从腐烂的躯壳中重生。一切旧的事物,都焕然一新。阳光遍洒街巷,将所有灰暗的角落一一照亮。

而牧歌,一朵尚未绽放的花朵,却要在这样的春光里枯萎了。只是此刻,死神还没有抵达,人们便愉快地欺骗自己,以为它永远都不会来。于是大人们继续说说笑笑,逗引着她,将所有能让她快乐的玩具,统统送到她的面前。她干枯的小脸,在亲人的关爱里泛起点点的红。这红如同春天落在嫩芽上的一抹光,照亮了小小的孩子,也照亮了人间的哀愁。

那一天到底何时会来呢? 人们不愿去想,牧歌更不会关心,她还完全不懂生与死是怎样的一件事。她来自尘埃,在人间漂浮了短短的一程,又将重新化为尘埃,消失在浩瀚无垠的宇宙。或许,她会变成一颗闪亮的星星,只要思念她的人们抬头,就会在夜空中分辨出独属于她的微弱的星光。

那时,小小的牧歌将不再频繁地出入医院。她弱不禁风的身体上,也不会再布满针孔。她更无需一次次惊恐地打着手势,告诉家人,她不想打针,不想吃药,不想走进医院。她将疲惫又幸福地在星空中闪烁,就像天使注视着人间。

而此刻,她依然快乐,仿佛世间只有永恒的生。

## 三

因为人少,理发店便有些空旷。这空旷几乎吞没了我和小陈。

窗外的巷子也空荡荡的。这条街巷正与附近的小区一起,现出老去的斑驳。偶尔,会有人隔窗好奇地窥视一眼,那脸也是暮气沉沉的。就连吹进巷子的风,都步履蹒跚,摇摇晃晃。一切犹如长年累月工作的钟摆,变得缓慢迟钝。秋天掠过萧瑟的枝头,弯身钻进巷子。店铺的门虚掩着,一扇在阳光下打盹,一扇在冷风里张望。有时,它们也会发出吱嘎吱嘎的碰撞,轻声说一些什么。顾客们因此悄无声息地进进出出,不打扰两扇门的亲密私语。

一切都静悄悄的。小陈熟练地帮我做着头发，我则闭上眼睛，享受这个彻底放松的午后。我们彼此默契，谁都没有说话。千万根头发在耳鬓摩擦，发出窸窸窣窣的声响。电流化作幽冷的蛇，穿过三十年老旧的墙壁，咝咝吐着芯子。墙上的模特在日复一日的注视中，早已老去，昔日的风情万种，化作此刻枝头摇摇欲坠的树叶，稍稍一碰便零落成泥。电视机里正在播放乏味冗长的爱情剧，小陈将声音消掉，只用他们晃动的影子来陪伴她。

小陈搬到批发市场的门店有多少年头，不仅我已忘记，连她自己也记不清了。相识十二年，她几乎成了我的御用发型师。从马路边隐匿的十几平方米的小门头房，到现在楼上楼下八十多平方米的宽敞店铺，我一路追随，成为她唯一忠诚的顾客。每隔三个月来做一次头发的频率，让我熟知她的每段情感经历，并痛恨每个吸血虫一样榨干她钱财的男人。

夏天的时候，我记得一个病恹恹的男人，一整个下午都躺在理发店的沙发上，有人进来，也不起身，似乎他是一只虚弱的小猫小狗，等着主人小陈端水送饭。那时小陈还很年轻，能吃苦耐劳，忙碌完一天，回到出租屋里还会给男人洗衣做饭。有四个姐姐宠溺的男人好吃懒做，不务正业，每天就眯眼瞅着门口一棵歪斜的柳树，琢磨着如何挣点快钱。小陈善良，从不强迫他去工作，就这样供佛一样供养着他，最终演绎成"农夫与蛇"的故事：在将小陈买的一块地皮偷换成自己名字后，他逃之夭夭。

我还记得秋天的大风里，常有一个虚胖的男人推门进来，饿坏的孩子一样蔫蔫地坐在沙发上，催小陈下班回去给他和他的爸爸做饭。那是一个做房产推销的男人，没有多少收入，又处处斤斤计较，不肯多花一分在小陈身上。就连外面吃一顿早餐，都要跟小陈 AA。一老一少两个男人贪恋小陈这免费保姆的好处，有些动了娶小陈进门的念头。于是他们着手装修房子。我来做头发，需要站在门口等上很久，才会见小陈风尘仆仆地从建材市场回来。她已经顾不上打理店铺了，老顾客被时常紧闭的门窗分了流，于是门庭冷落，生意萧条。直到最后，小陈将辛苦积攒的六万块钱全部投入婚房，却被父子俩清理垃圾一样扫地出门，并拒绝归还小陈支付的所有费用。

等到了萧索的冬天，巷子里人烟稀少，又有一个热烈的年轻男人，在煤块取暖的理发店时常出没。那一阵小陈的弟弟重病，住在省城的医院里，只有小陈一个人照顾。小陈一边工作，一边还要给弟弟送饭，忙得焦头烂额。这个从相亲网站认识的老乡便自动请缨，以让小陈受宠若惊的热情奔前走后。小陈那时因为哥哥的去世和弟弟的重病，有些神思恍惚，在对男人知之甚少的情况下，因为这一点仆人般的勤快关照，她动了心。听信男人回老家为她办理车本，需她信用卡一用的谎言，被他盗刷三万块钱。等小陈醒悟过来，男人已遍寻不着。她焦虑地报警，去男人打工的饭店找他，托派出所的朋友在老家打探他。她还投诉相亲网站，换各种手机号打男人电话，都无济于事。终于，在小陈被银行屡次电话提醒还款，又被房东催缴房租，却拮据到连买煤取暖的钱都没有的时候，她丢下我正做的头发，陷进窗边凌乱的沙发里，无声抽泣。

那个午后，窗外有雪花在呼啸的大风中飞舞。天空阴沉，山河冰冻，一个骨瘦如柴的老人拖着伶仃的双腿，在巷子里蹒跚走着。商贩们缩着脖子盯着透风的门板，期待会有零星顾客大驾光临。卖红薯的老人无处可躲，站在背风处，手拢在袖子里，不停地跺着脚取暖。一只土狗蜷缩着肮脏的身体，以尽可能不被人嫌弃的姿势，蹲在人家店铺门口，茫然地盯着灰蒙蒙的街巷。我隔窗看着巷子里因为过分熟悉而单调的一切，很想走到沙发旁边，抱一抱小陈，或者什么也不做，只是陪她坐上一会。但最终，我什么也没有做，任小陈哭完了，起身添一炉煤，继续为我烫完剩下的头发。

现在，秋天再次抵达我们身边。只是这次，是色彩斑斓、硕果累累的秋。

他正在北京办理辞职，他说很快就会回来，在省城找一份律师事务所的工作，这样就可以一直陪在我的身边，与我一起吃一日三餐，而不是每天网上为我叫外卖。我与他的家人一起过了除夕，他的妈妈很喜欢我，还给我发了红包。被骗子盗刷的信用卡，他几次说要代我还清，但我没让，我说等我们结婚了，我再帮他管理钱包。我们每天都打电话，聊到很晚，好像有永远说不完的话。我一直在想，或许，是我之前受苦太多，被人一次次欺骗，上天心软，于是给我送来一个温柔体贴的男人……

秋天的阳光慵懒迷人，把人晒得暖洋洋的。小陈坐在窗边，和我分享着这些琐碎又幸福的点滴，就像我是她在这个世上最好的姐妹。或许，她并不是在跟我聊天，而是跟坐在对面的命运倾诉。这一年，她四十三岁。二十岁，为了供哥哥读书，她从大学退学，决定留在这个城市里打拼。她一个人应付所有的一切，像男人一样处理店铺的水电维修，出入工商税务部门，跟一个个房东交涉。她从未与美好的爱情相遇，直到她打算放弃，孤独终老，命运忽然微笑着打开一扇门，将一个与她同龄的男人送到她的面前。

等你结婚的时候，一定记得告诉我啊，我要送一份精美的礼物为你们祝福。起身离去的时候，我很认真地叮嘱小陈。

窗外已是清寂的黄昏，橘黄的夕阳洒满整个小巷，仿佛金子洒满了天堂。我推开门，将自己融入这一天最后的暖。我没有回头去看挥手道别的小陈，我知道她的眼睛里，一定盛满了光，这穿过秋天抵达春天的光。

## 四

你说，人为什么活着？我每天坐在视野开阔的办公室里，为我的上市公司忙碌的间隙，总会忍不住发一会呆，一次次问自己这个问题。但我问了很多年，还是没有想明白。

这是泰山脚下夏日的夜晚。困倦的蛐蛐们伏在草叶间，百无聊赖地歌唱。水塘里的青蛙趴在密不透风的水面上，发出小心翼翼的鸣叫。嘶吼了一天的蝉，早就歇了，睡梦中偶尔发出一两声沙哑的呓语，随即又沉入永无止境的睡眠。更多不知名姓的昆虫，正隐匿在茂密的草木中，发出隐秘的声响。成千上万株古老的松柏，向着深邃的夜空无尽地伸展。风偶尔吹开黏稠的暑气，让人们睡梦中的呼吸，有片刻的轻盈。

我偶然途经此处，在一座空空荡荡的民宿里做短暂的停留。这里是我的故乡，安放着我所有动荡不安的青春，也收留着我日渐老去或不知所终的乡亲。但我不想打扰任何人，只是沿着曲折的山路，慢慢爬到空无一人的半山腰，俯视着黄昏中缓缓下沉的暑气，和烟火缭绕中热闹的山城。万家灯火次第亮起，夜晚流光溢彩。世界犹如罩在巨大的水晶球里，神秘梦幻。世间千万种声响，被夜色徐徐过滤，化为清流。泥土里浮起湿润的气息，我沉醉其中，感觉自己重新化作一粒饱满的种子，穿越苍茫的宇宙，落在某个荒凉的角落，贫瘠中奋力生根，朝着稀薄的阳光无限地伸展。最终，我生出强大的翼翅，义无反顾地飞离故土。

我是谁？我为什么活在这个世界上？入睡之前，初中老师阿宇忽然在幽静的虫鸣中打来电话，向我追问这些人生的终极问题。他已经五十岁了，许多年前，他从我就读的中学辞职，来到市区，而后用十年时间，将一家教育培训公司带入上市轨道。在得知我明天即将乘坐飞机离开故乡后，他说，无论如何，我都要陪你吃一顿早餐，然后开车送你前往机场。

他刚刚结束一场觥筹交错的饭局，坐在楼下幽暗的花园里不想回家，忽然就想给我打个电话，随便说一些什么。

我听出他已经醉了。他用近乎絮叨的语气，提及这么多年自己的变化，以及常常困扰着他的一些关于人生的问题。

我在阿宇老师的倾诉中，想起教初中时的他，刚刚专科毕业，不过比我们学生年长六七岁，每日意气风发，活力四射。他给我们听《天堂里没有车来车往》和《热情的沙漠》，为热爱写作的我借阅《小说月报》，在班会上念我写的不知所云的青涩小说，并给予热烈的赞美。他还极力推荐我们阅读《安徒生童话》，春天的时候带我们出门踏青。那是坐落在小镇上的一所中学，生活简单质朴，犹如校门外无边无垠的麦田，除了蓬勃旺盛的生命，一无所有。但我们从未觉得清贫。每天早晨六点，校门外雾气缭绕的马路上，就响起嘹亮的号声，它们响彻云霄，蓬勃有力，唤醒沉睡中的大地。阿宇老师迎着冷风，昂头跑在我们前面，黎明的微光中宛若矫健的雄鹰，发出激荡人心的声响。

那是我们一起走过的朴素的九十年代。一切都闪烁着明亮的光，仿佛那是我们生命的起点，一贫如洗，却又勇猛如虎。

中学毕业后，我们失去联系。多年后再见，阿宇老师已是资产过亿的上市公司老总，离婚再娶，有三个女儿；我则成为大学老师，生活按部就班，波澜不惊。生命的航船顺风顺水，似乎，人生不再有惑。

可是，在这个万物沉寂的夜晚，活成人间传奇的阿宇老师，却想跟他的学生聊聊，人活一世，究竟为了什么？

你说，我们为什么要这样努力地奋斗？我什么都拥有了，却发现而今的自己，如此陌生。我与他素不相识，毫无关系。他每天为了讨好客户，说着言不由衷的话，喝着辛辣刺激的白酒。他养着几百个员工，却跟他们隔着千山万水的距离。即便回到家里，他也电话不断，没法安静地陪一会家人。再婚的妻子是很有修养的大学老师，却并不能与他心灵相通，他们极少有机会一起出门旅行，甚至共吃一顿早餐都成为奢侈。只有每天在上班模式开启之前的办公室里，他泡好一杯绿茶，坐在舒适的椅子上，注视着杯子里干枯的茶叶重获生机，每一片叶子都青翠欲滴，自由舒展。这时，他会一阵恍惚，看到灵魂飘离沉重肉身,坐到自己对面,微笑审视着他,并开口问道:你是谁? 你要去往哪里?

电话那端传来蛐蛐断续的鸣叫,叫声轻微,遥远。蝉声早已歇了,世界化作一粒黑色的石子,滑入深不可测的湖底,许久都没有声响。偶有沉睡的昆虫翻身,触须碰到深蓝的湖面,漾起细小的波纹,又随即消失在浩荡的夜色之中。

我很想准确回答阿宇老师的困惑,告诉他究竟是谁,来自何处,又将去往哪里? 但我想起自己从小小的村庄出发,用尽半生气力,最终停靠在北疆辽阔的草原,那是我从未想过抵达的苍凉世界。而同样生于乡村的阿宇老师,他带领我们迎着翻滚的麦浪奔跑的时候,也一定不会想到,自己会在知天命之年,成为上市公司的老总。我们与起点之间相隔万里,回首去看,恍若一场大梦,不知人生改变,究竟在哪个拐角忽然发生? 命运又怎样载着我们,抵达而今站台? 我尚不知生命是流动的江河,还是凝滞的肉身,最终将注入波澜壮阔的海洋,还是化为一抔净土,又如何能够给予自己的老师以人生的指引?

夜已经很深了,阿宇老师还在无休无止地说着。或许,这个夜晚,他只是想找一个人说说人生中那些沉重的担负,它们压在他的心口太久,他需要将它们一一搬离,或者清除其中的一小部分,以便阳光可以照射进来,松弛他紧张的肉身,如此才能继续前行。但即便这样一点人生的渴求,也不能完全如愿。

因为我频繁的哈欠，终于将沉醉在自言自语中的他唤醒。

就到这里，你好好睡吧，我也要回家了。阿宇老师歉疚地说。

朦胧中，我瞥一眼窗外混沌的黑夜，知道无需再说什么。明天醒来，太阳照常升起，阿宇老师还是那个斗志昂扬的男人。而我，也将洗洗尘埃，奔赴塞外。

# 行走在苍茫的大地上

## 一

乌兰浩特的天空，有时也是红色的。那红色汪洋恣意，一泻千里，铺满整个辽阔的大地。于是一切都燃烧起来，宛若一场隆重的婚礼即将开启。人站在黄昏永无绝灭的天地之间，犹如宇宙中漂浮的一粒尘埃，渺小而又决绝。夕阳用尽最后的力气，迸射出苍凉的激情，染红即将逝去的此刻世界。一切都在消亡中焕发生机，仿佛婴儿初降尘世，散发神圣寂静之光。

这个时刻，"红色之城"乌兰浩特不再是曾被战争风云席卷的血腥城市。一切动荡的烟尘都被广袤的草原过滤，而后下坠，化为泥土。空气中散发着独属于秋天的清甜，草捆躺倒在大地上，向着苍天发出深情的呼唤。每一棵草都与另外的一棵拥抱在一起，似乎生前它们就曾这样亲密无间。草地宛若没有边际的河流，从高山上倾泻而下，并在秋风扫荡过的大地上，现出黄绿相间的斑驳色泽。就在这清瘦的草地上，归流河正如回家的马群，缓缓经过。牧羊人轻轻挥舞着鞭子，驱赶着羊群下山。金色的夕阳洒在一只孤独的奶牛身上，将它化作一尊圣洁的雕塑。河流，草木，风车，行人，昆虫，花朵，一切事物都在这动人心魄的光影中熠熠闪光。

在乌兰浩特，我想随便找一个山坡停留下来，化作一株草，一棵树，一片云，一只蚂蚁，在四季的风里度过短暂却又自由的一生。或者，只是停留一个闲散的下午也好。大道上什么人也没有，空空荡荡的，仿佛这片草原从未被人发现。偶尔，有汽车疾驰而过，扬起的尘土在阳光里飘浮片刻，随即消失不见。

一个围着粉色碎花头巾的女人，蹲坐在交叉路口，平静地等待人来买她的沙果。沙果是从不远的村庄里，自家庭院的树上采下的。大道上走过的人，隔着低矮的院墙，会看到一株被累累硕果压弯了枝头的沙果树，正满面红光地探出秋天。沧桑的枝干让人知晓它在世间存活的年月，比女人嫁来的时光还要久远。它与进进出出的奶牛、绵羊、母猪、公鹅、猫狗，一起构成家园温暖的部分。

秋天，满树沉甸甸的沙果点燃了女人的心。她站在院子里仰头采摘的时候，想到的不只是缀满枝头的收获，还有更远一些的幸福，沙果一样酸甜多汁的幸福。因了这些琐碎又明亮的幸福，她担着两筐红艳艳的沙果，走在阳光微醺的大道上，觉

075

得人生静寂美好。只有影子陪伴着她。有时，她会低头跟影子说一会话，倾诉生活中那些细碎的烦恼，还有茂密丛生的渴望。大道沿着草原伸向无尽的远方，那里有一些什么，女人并不关心。此刻，她只想遇到一个陌生的路人，买下挂满整个秋天的沙果。她也会抬头看看远处的山坡，自家的牛羊正在那里欢快地觅食。邻家放羊的男人挥舞着鞭子，赶着羊群前往阳光丰沛的草地。大大小小的村庄静卧在乌兰浩特，犹如乌兰浩特横亘在蒙古高原。

秋天的乌兰浩特，万物因成熟而趋向谦卑。夏日怒放的繁花，此时也舒缓了节奏，它们不再亲密地簇拥起舞，而是在清冷的虫鸣中思考即将抵达的死亡。一朵曾经在夏日草原上傲然绽放的曼陀罗花，此时以倾听的谦逊姿态，向着大地慢慢俯下身去。它不再关心烈烈大风如何刮过山岗，掠过树梢，吹过田舍，扫过群马；它也不关心有多少果实在秋天里炸裂，轰隆隆开来的打草机，又将把紫色的苜蓿带去何处。此刻，它只想用尽生命中最后的力气，低头亲吻赐予它生命的大地。对于一株花，死亡不是终结，而是沉寂一冬的睡眠，是一场风雪中漫长的梦。数以万计的花朵都将在秋天的乌兰浩特，奔赴这一场浪漫之约。它们以枯萎凋零的极简姿态，重新汇聚在一起。正如此刻陷入黄昏的北半球，旧的太阳即将消失，而崭新的一轮，又会在漫漫长夜后升起。

一株草仰卧在成百上千的草捆中间，并不觉得悲伤。在它与一大片草丛根系相连、翩跹起舞的时候，云朵曾将好看的影子落在它的身上，宛若一幅关于爱情的剪影。清晨的风掠过雀跃的草尖，带走一颗正在睡梦中的晶莹的露珠。一只小鸟在它轻柔的枝叶上舞蹈，并用纤细的双脚，为它写下一首爱的赞美诗。它还亲吻过一粒新鲜饱满的草籽，一片闪闪发光的草茎，并将尖细的嘴唇深入缠绕的根须，追寻一只肥胖的虫子。它也一定卧在湿漉漉的草丛里，倾听过大地的声响，从星球的另一端传来的遥远的声响；或者仰望星空，追逐一颗亿万光年前的星星瞬间划过的痕迹。一只鸟从不关心人间的事。一束离开了泥土的草，也不关心身后的事。它只偶尔怀念过去，追忆一生中葳蕤繁茂的夏日，它曾与无数株草站立在大地上，迎接每一个晨雾弥漫的黎明，也送走每一个万籁俱寂的夜晚。

一株草与另一株草会说些什么呢？在秋天的打草机进驻以前，它们从未离开过脚下丰茂的草原。许多年前，它们的种子被大风无意中刮到这里，便落地生根，并与另外的一株草生死相依。成千上万株草，被神秘的力量聚合成宇宙星空下起伏的汪洋。没有人关心一株草与另外的一株有什么区别，甚至它们的名字，是叫针茅还是冰草，也无人知晓。只有母亲般苍茫的大地，环拥着无数棵草，从一个春天走到另一个春天。

在乌兰浩特，两株草依偎在一起，在春天的阳光里亲密地

077

私语。它们说了很多的话，仿佛要将前世今生的思念，全在这个盎然的春天说完。这样，当它们被打草机带走，去往未知的庭院，一生永别，就可以了无悲伤。一朵鸢尾即将绽放，它在两株草的情话里有些羞涩，于是它推迟花期，只为不争抢这份爱情的光环。途经此地的人们，会惊喜地发现，无数的草汇聚成一条黄绿相间的河流，伸向无尽的远方。荡漾的水面上，还夹杂着去年冬天残留的一点雪白。春风掠过乌兰浩特，两株草发出细微的碰撞，仿佛柔软的手指抚过颤抖的肌肤。要等到夏天，归流河化为脱缰的野马，在草原上撒欢奔跑，两株草的爱情才会迸发出更热烈的声响。它们根基缠绕，枝叶相连，舌尖亲吻着舌尖，肢体触碰着肢体。它们在无遮无拦的阳光下歌唱，它们在漫天星光下歌唱，它们要生生世世，永不分离。如果秋天没有抵达，两株相爱的草并不关心牛羊踩踏或者啃食它们的身体，只要一阵风过，它们又施了魔法般恢复如初。它们在疯狂地生长，它们也在疯狂地相爱。它们要将这份爱情，告诉整个草原。

可是，秋天还是来了。它从未在这片大地上迟到。每年的八月，夏日的欢呼还未结束，旅行的人们还在涌向乌兰浩特。阿尔山云雾氤氲的天池里，也映出无数行人的面容。就在这个时刻，打草机列队开进草原。两株草即将分离，它们茎叶衰颓，容颜苍老，但它们依然没有哀愁。风慢慢凉了，深夜隔窗听到，宛若婴儿的哭泣。两株草在夜晚的风里温柔地触碰一下，便安然睡去，仿佛朝阳升起，又是蓬勃的一天。死亡与新生在大地上日夜交替，一株草早已洞悉这残酷又亘古的自然法则，所以它们坦然接受最后的生，正如它们坦然接受即将抵达的死。

此刻，我途经乌兰浩特，看到星罗棋布的草捆，安静仰卧在草原上，仿佛群星闪烁在漆黑的夜空。一生中它们第一次离开大地，踏上未知又可以预知的旅程。一株草与另外的一株，被紧紧捆缚在一起，犹如爱人生离死别的姿态。秋天的阳光化作细碎的金子，洒满高原。泉水从绵延起伏的山上流淌下来，在大地肌肤上雕刻出细长深邃的纹理。空气中是沁人的凉，牛羊舒展着四肢，在山坡上缓慢地享用着最后的绿。

我们将去旅行。一株草嗅着熟透了的秋天，对另一株草深情地说。

是的，我们将穿过打草机、捆草机、车厢、草杈、牛羊的肠胃去旅行。另一株草看着高远的天空平静地说。那里，正有大朵大朵的白，在幽深的蓝色海洋上漂浮。

最终，我们还会回到曾经相爱的大地。那时，我们的身体将落满干枯的牛粪，绽开烂漫的花朵，也爬满美丽的昆虫。它们这样想，却谁也没有说。

我注视着这一片秋天的山地草原，知道冬天很快就要到来，大雪将覆盖所有轻柔的絮语。而后便是另一个春天，那时，会有另外的两株草开始相爱。就在过去两株草曾经栖息的家园，它们生机勃勃，宛如新生。

## 二

在科尔沁草原上，因为爱情，少女们热烈地起舞，痴情地歌唱。

千百年来，自遥远的地方赶着马车途经此地的人们，都会被这里爱情的深沉歌咏打动。每一个被民歌记录下的少女，都在代代相传的歌唱中，化为永恒的星辰。她们有着相似又迥异的楚楚动人的面容。草原上每一朵娇嫩的花，每一株摇曳的草，每一只飞过的鸟，都知晓她们浓郁的思念。她们对着天空倾诉，追着云朵呼唤，绕着松树追问。她们是乌尤黛、万丽姑娘，她们是达古拉、乌云高娃龙棠。她们犹如大地上叫做马兰、格桑、杜鹃、山丹、金莲、柳兰、雪绒的缤纷花朵，用绚烂的爱情，点燃夏日狂欢的草原。她们是科尔沁大地上无数善良纯真的女子，她们又是独一无二的个体，在永无绝灭的歌声里，散发着野性蓬勃之力。

爱是原始的激情和欲望，是生生不息的繁衍，是火山爆发般灵魂的冲撞，是绵延一生的牵挂，是人类在尘世间永不厌倦的追寻，是至死不休的人生理想。每一首爱情民歌的源头，每一种舞蹈的起始,都有一个火热的思春的少女。

在库伦旗,人们这样讲述安代舞的源起。草原上与父亲相依为命的少女,爱上了一个俊美少年,可是她不知与谁分享这个每天都在疯长的秘密。父亲已经老去,在人烟稀少的草原上,她走出百里,也找不到一个人倾诉内心的痛苦。这个少年,或许只是途经这片寂寞的草原,借宿几晚。他踩着清晨的露珠,看少女早起挤奶,喂牛,打扫,择菜,熬茶。少女在忙碌的间隙,恰好捕捉到这让她心旌摇荡的视线。对视的瞬间,一粒叫做爱情的种子,怦然打开,并迅速地抽枝展叶。当他离去,她的身体留在了故乡,心却跟着他在茫茫的草原上日夜兼程地行走。不懂少女心思的父亲,已经忘了那个偶然路过的少年,他只知道心爱的女儿病了,精神恍惚,茶饭不思。他眼看着她日渐消瘦,眼神空洞,仿佛她在人间已经枯萎。他请来医生,几经治疗,仍不见起色。忧心忡忡中,老人用牛车拉起女儿,前往他乡寻找名医救治。可是牛车太慢了,少女孱弱的身体追不上走失的心,又因漫漫长途颠簸劳累,终于在行至库伦旗时,病情加重,奄奄一息。老人围着车子长歌当哭,悲伤起舞。路过的人们看到一朵尚未绽放的花儿即将夭折,无不潸然泪下,并情不自禁地跟着老人一起甩臂顿足,绕车哀歌。昏迷的少女在歌声中苏醒,悄无声息地下车,跟随众人忘情起舞。等到人们发现时,少女已大汗淋漓。更惊讶的是,这样纵情的歌唱起舞,竟让她的病大为减轻。一颗疾走的心,终于被天地间自由不羁的歌舞打动,告别少年,反身回到少女的身体。

自此留在了科尔沁草原的少女,究竟有没有等到让她失魂落魄的少年呢?此后她的一生,又是否与少年相遇?当她终于嫁人,在那些辗转反侧的夜晚,她是否依然会想起那个载歌载舞、重获新生的神秘午后?而当她老去,忆起少年骑马经过栅栏向她问好,她就在那一刻被爱的神箭射中,她的心底,是否还有涟漪漾起?

用民歌讲述故事的人们,很少会将一个少女的一生,如此细致入微地描述与记录。她们在民歌和民间故事里,只有最闪亮的瞬间芳华。但恰恰是这闪亮的瞬间,让她们成为科尔沁草原上的传奇。当我走过这片草原,听到人们传唱这些少女忧愁又明亮的爱情,她们便不再只是一个个抽象的名字,而是化作呼之欲出、有血有肉的天真少女,和我牵手走在云朵的影子里,嬉笑追逐,亲密耳语。

叫乌尤黛的姑娘,一个少年沉醉于她的一笑一颦,他日思夜想,无法入眠,于是"半夜起来把白马刷了一遍"。可是这样依然不能解除他的烦恼。思念在他的身体里,犹如神奇的酵母,迅速地膨胀、生长,直至侵蚀了他身体的每一个细胞。他再也找不到那个骄傲的自己,他变得无比地卑微,敏感,惆怅,于是他刷完了白马,又在第二天深夜,"把青马刷了一遍"。他的心早已夜行千里，飞越科尔沁草原，抵达心爱的姑娘身边，跟乌尤黛缠绵悱恻，诉说无尽的相思。可是他的人啊，还留在青马和白马中间。他看着睫毛浓密、双眸清亮的白马，觉得它真像亲爱的乌尤黛；他看着高大伟岸、鬃毛发亮的青马，觉得它真像梦中的自己。他羡慕这一对日夜厮守的伴侣，恨不能将自己变成其中的一个，马不停蹄地奔跑到乌尤黛的身边。他还想告诉乌尤黛，希望自己变成"一只能飞翔的蝴蝶，落在你的胸襟上，永远望着你"。他嫉妒乌尤黛视线所及的每一个细小的生命，比如一束马兰，一枚浆果，一只蝴蝶。被这嫉妒日夜折磨的他，终于在某一天，借着皎洁的月光，飞身跃上刷得洁白如雪的白马，一声令下，赶去寻找快要将他燃成灰烬的爱情。可是啊，他陷在浓烈的思念中已经头脑昏沉，看不清月夜下的大道朝向哪个方向，于是一头撞到粗壮的杨树上，"躺了一月还没起"……

乌尤黛的家，究竟隐匿在科尔沁草原的哪一个角落，是临近蜿蜒曲折的西辽河，还是坐落在每日有云朵飘过的山坡，再或铺满野花的山谷，无人知晓。我们只知道有个愣头青一样的少年爱上了她，他的爱炽热到可以击退漫天的乌云，让飞舞的尘埃重现光芒，可是，他却只能"从那远方呼唤"着乌尤黛。他爱得从马背上重重摔下，一月卧床不起，还痴心妄想化成翩翩飞舞的蝴蝶，日行千里，抵达她的裙边，亲吻她的胸口。他在乌尤黛诱人的微笑里，迷失了自己。但他甘心于这样的迷失，因他爱她，至死不渝。

思念乌尤黛的少年没有名字，痴恋云登哥哥的少女也丢失了姓氏。或许她叫阿纳日，明眸善睐，宛若榴花。或许她叫格根哈斯，冰清玉洁，娇小玲珑。或许她叫多丽雅，嫣然一笑，摄人心魄。其实无论她叫什么名字都不重要，因她情真意切的呼唤，早已杜鹃花一样遍植科尔沁草原。她带着一丝温柔的嗔怨，向远方的云登哥哥无休无止地倾诉："从三月到五月，你为什么不回来？"可是刚刚埋怨完，她又迫不及待地表白："从白天到黑夜，我等着你回来。"她盼了两个月，云登哥哥都没有回，可是他在她的心里，依然像"云在高处它轻轻地飘啊飘"，每一朵无声无息经过的云，都是与她在梦中缠绵悱恻的云登哥哥。

因为梦到云登哥哥就不愿醒来的少女，"见到石头哥哥就扭扭捏捏"不知如何是好的喜吉德姑娘，盼着情哥哥宝音贺希格达路过时来家相聚的万丽姑娘，把飘着麝香的红绸衣一针一线地缝好，却又因情哥哥迟迟不来而任性扔进火中烧掉的满晓姑娘，远嫁他乡却期待着五日后情哥哥能来与她相会的乌云高娃龙棠姑娘，每逢思念即将奔赴战场的恋人便双眸闪亮的正月玛姑娘，搅乱了无数少年梦境的美鹿一样的梅香姑娘，日日盼着达那巴拉哥哥回乡探望的金香姑娘，一场阴雨过后便要和恋人分离的达古拉姑娘，她们是科尔沁草原上永不凋零的花。多少风雨途经这片大地，带走枯败的草木，夭折的鸟兽，老去的人们，唯有民歌中的少女，穿越漫漫时光，却依然闪烁琥珀般永恒的光芒。

大地上游走的人们，他们听到这些歌声，就会想起一生中最甜蜜的那个午后，高原的阳光照耀着虚掩的门扉，一个俏皮的红衣少女迎面走来，一颗心便瞬间坠入爱情的河流。他愿跟随红衣少女在草原上纵情流浪，生死相依。她是他生命中的火焰，是他存活于世的所有的意义。他如此爱她，只愿人间所有的光都洒落她的身旁，而他就在黑暗中，向着这世间唯一的光，一生奔赴，至死不休。

## 三

你若去过巴彦淖尔，走过阴山脚下，一定不会忘记一粒小麦的芳香。那是几十万年以来，奔腾不息的黄河，浇灌滋养出的河套平原的芳香。

所以我在巴彦淖尔，只想看一眼黄河。这条奔腾不息的河流，裹挟着孕育了我生命的一粒沙子，流经九省，浩浩荡荡，最后在我的故乡——齐鲁大地注入渤海。当我想起它，我的心便会生疼。这被一粒沙子硌出的疼痛，时刻提醒着我的来处，我出生成长的华北平原；也时刻提醒着我的归处，最终将会把我埋葬的蒙古高原。

夜色缓缓下沉，仿佛一滴饱满的墨汁坠入黄昏。就在天地温柔交融的瞬间，我透过飞机的窗户，瞥见广袤无边的库布齐沙漠，在幽静的月光下，犹如巨大的魔毯，铺展在大地上。被长年累月的大风吹出的每一道褶皱，似乎都在向着夜空呐喊：荒凉啊荒凉！卧龙般蜿蜒向前的黄河，随即出现在面前。它横亘在洒满月光的蒙古高原上，静寂无声，似乎早已陷入混沌的睡梦之中。广阔无边的河套平原与绵延起伏的库布齐沙漠，被闪电般的黄河倏然劈开。漆黑的阴山山脉化作一头猛兽，在乌拉特草原与河套平原的夹缝中匍匐向前。微弱又恒久的星光，正穿越距离地球几万光年的神秘宇宙，抵达裹挟着泥沙滚滚东流的黄河。

这月光下恍若梦境的高原，让人心醉。一切正在下落的声响，都轰然消失。只有陷入黑夜的大地，在暗涌中闪烁着隐秘的光泽。

多年前的夏日，在从内蒙古开往故乡的火车上，我以同样惊鸿一瞥的方式，途经过黄河。携带着几千公里的泥沙，浩浩荡荡奔赴生命最后一程的黄河，在烈日炙烤的平原上，蒸腾着雄浑磅礴的力。水汽裹挟着热浪，以一览无余地荒蛮推进的方式，扫荡着一切阻挡一条巨龙般的长河成为汪洋大海的障碍。夏日的风黏稠，窒息，浑浊，干燥，带着一种巷口枯坐的百无聊赖。人在缠搅上升的热气中，仿佛因缺氧而探出水面大口喘气的鱼。只有站在黄河岸边的人，能够在干热中沐浴清凉潮湿的风。这源自青藏高原又洗去一路尘埃的风，这行经过我迁徙并定居的北疆大地的风，这遥远的带着远古祖先梦中呓语的风，飞过巴颜喀拉山，穿过秦岭，越过阴山，行经黄土高原，掠过华北平原，最后在渤海上空缓缓停驻。当火车穿越黄河大桥，我看到生命中血液一样奔涌的河流，它因行经过阴山脚下肥沃的土地，而在华北平原愈发沉郁，舒缓；仿佛它正与我一起，抵达人生的中年，不再愤怒，远离嗔怨，祛除锋利，剪去欲望。被盛夏烘烤着的黄河，在没有波澜也无起伏的大地上，抛去万千的沙尘，只让最洁净的魂魄融入大海。

  这是我第一次与黄河相遇，并看到它以悬浮大地的轻盈姿态，汇入深蓝的海域，义无反顾地终结自己作为一条长河的命运。它依然以河流的名字，在大地上日夜不息地歌唱，仿佛北方的流浪歌者。但它又神秘地消失于波澜壮阔的汪洋之中，杳无踪迹。它的"消失"，又是某种意义上的新生。生命以更为开阔的方式，存在于宇宙中的一个星球。它不再记得青海的花儿，黄土高原上苍凉的呼喊，也不记得阴山脚下烈烈大风中的苏勒德，华北平原上翻滚的金黄麦浪。当它忘却生命的形态，以一滴眼泪的咸，离开大地，汇入深海，它便凤凰涅槃，获得永生。记忆与忘却，咆哮与寂静，存在与死亡，就这样消除了对立，化为浩瀚无边的宇宙。

几年后,我站在内蒙古河阴古城附近的黄河浮桥上,仿佛看到两千多年前,与我同样迁徙到这片北疆大地的王昭君,在渡过浮桥前,内心涌动的对于命运的敬畏与不安。北地大风凛冽,卷起漫漫黄沙,沙蓬草裹挟着尘埃在大地上流浪奔走,天地化作呼号的野兽,发出震动山林的吼叫。这塞外的苦寒,让一个女子对遥远的故土生出无限的眷恋与哀愁。命运在酷寒中张开巨大的手掌,一段渡桥,化为命运之手的两端。走过去,一切历史都将改变,而那草原上不停迁徙的命运,也将自此相伴一生。命运站在河流的对面,露出钢铁般的冷硬与威严。最终,一个南方的女子,选择了顺从命运的召唤。

而我,站在浮桥的一侧,注视这古老又生机勃发的黄河,在风中发出的激越声响,仿佛听到跌落平沙的大雁跨越千年的动人的歌唱。青冢上的草黄了又绿,绿了又黄。树木在秋天从容地死去,又在春天安静地苏醒。河边的芦苇,在蒙古高原无尽的长空下,自由地起舞。这空灵不羁的舞蹈,与奔涌不息的河流,追逐着飞沙走石、日月星辰,在大地上永不疲倦地歌唱:长乐未央,长乐未央……

塞外大风日夜不息地吹过黄河,仿佛一头永不被驯服的猛兽,它带走了无数昌盛或者衰败的王朝,却将一个西汉女子的哀思,刻进大漠平沙,并跟随一条漫长的河流,抵达她的生命从未抵达的远方。长夜叩响着门窗,河流撞击着两岸,出塞的女子在哀怨的琵琶声中慢慢沉入梦乡。这北方河流掀起的浪涛,与南方江水激荡的回响,缠绕相生,不弃不离。它们从西部遥遥相望的两座山脉一起出发,行经万里江山,共同谱写出荡气回肠的民族生存史。这历史的瞬间,沉入一个弱小女子的梦中。她在击穿黑夜的浪涛声中醒来,知道迁徙的命运早已融入血液,纵使她百般不舍,终将走过浮桥,化为历史悲壮又闪烁的某个部分。

在阴山岩石上刻下人类崇拜的先人,他们雕刻出的犹如面临末日审判般惊惧的双眸,一定也曾注视过荒凉的大风席卷起这条翻滚的长河。在严苛的自然面前,他们无能为力,只能祈求上天。于是他们刻下山川,刻下河流,刻下飞马,刻下日月,也刻下生死。他们仰望星辰,也俯视大地。洪荒宇宙中盛满先人的敬畏,荒蛮的大地上江河游龙一样咆哮。无字天书烙刻在红色的砂石上,仿佛巨人朝着远古在仰天长啸。古老的黄河日夜冲刷着阴山脚下的大地,带走无数的王朝,也留下肥沃的泥沙。逐水草而居的人们,犹如被大风吹散的蒲公英,在黄河滋养出的河套平原上野蛮生长。月亮高悬在阴山上,将一半微寒的光,洒在乌拉特草原,又分另一半温暖的光,给万物蓬勃的河套平原。它也不曾忘记乌兰布和沙漠,一千多年前,这里曾是人类繁华的家园,城池遍地,牛羊满坡,而今,只有大风吹出的流沙下埋葬的坟墓与朽骨，在清冷的月光下，讲述着白云苍狗，沧桑变幻。

这浮天载地的长河，曾因凌汛决堤，带来遍地阴森的死亡，也因缓慢深情地"几"字改道，冲击出水草丰美的万里沃野。就在这里，我吃下一口面食，整个被黄河浸润的瓜果飘香的秋天，便都回荡在我的齿间。夏天里千万亩葵花追随着太阳，在河水中投下绚烂的笑脸。秋天里它们与无数的庄稼一起谦卑地低下头颅，身体自由地舒展在大地上，以深情的目光，最后一次注视风起云涌的天空。野草抚过它们枯萎的身体，发出窸窸窣窣的温暖声响。一粒饱满的种子在阳光下炸裂，跌入草丛；一队出巡的蚂蚁迅速捕获住上天的恩赐，在涌动的黄河浪涛声中，浩浩荡荡拖回岸边的巢穴。秋风从遥远的某个地方吹起，带来一缕若有若无的花香。就在这个时刻，桂花迷人的甜香飘满长江沿岸的大街小巷。人们走到落满银桂的树下，抬头看看澄澈明净的天空；人们又走到洒满金桂的树下，低头看看落叶纷飞的大地。就在落花的私语声中，一条蜿蜒北方的大河，与一条横亘南方的大江，听到彼此的召唤，朝着浩瀚的太平洋奔涌而去。

刻下阴山岩画的先人，用惊骇的眼神，向万年后的世人呈示着远古时代，人类对于宇宙星空、生命万物、咆哮江河的惊惧与好奇。生命从何处来，又将去往何处？河流隐匿在哪儿，又消失在何方？肉体与灵魂，哪个更接近真实？死亡与新生，谁是开始，谁又是终结？天空与大地，会不会在人类永远无法抵达的边界处相接？落入河流与葬入泥土的生命，谁会腐朽，谁又会永生？一只从恐龙时代飞来的蜻蜓，如何穿过几亿年的沧海桑田，抵达苍茫的蒙古高原？

在巴彦淖尔，阴山下的先人没有告知我们答案，只有一条人类永远无法驯服的河流，穿越今古，生生不息。

## 在黄昏的呼伦贝尔草原上

一

沿着大道在草原小镇走上一圈,也见不到几个人。仿佛人在连日的阴雨里全部消失,化为湿漉漉的大地的一个部分。只有家家户户的院子里,野草兀自繁茂,蔬菜赶着结实,玉米在阳光下发出啪啪的拔节的声响。

六岁的阿尔姗娜和查斯娜,当然还有郎塔,以流浪汉一样的闲散,漫无目的地在大道上走走停停。她们时而奔跑到篱笆下,看一朵探出头来随风张望的野花,时而好奇地研究一会"哈拉盖"一碰就会皮肤红肿的奇怪的叶子,时而数一数天空上变幻莫测的云朵,时而倾听一会草丛里昆虫的歌唱。她们永远都会有无穷的新发现,好像这条大道的两边,是童话里神秘的魔法城堡。郎塔已是行动迟缓的老人,但依然跟小孩子一样,爱搞恶作剧,走哪儿尿哪儿。它还喜欢在人家的汽车轮胎上撒尿,趁着两个小伙子刚刚上车尚未发动的间隙,抬起后腿滋上一串尿,便欢快地跑开去,直把一旁的阿尔姗娜和查斯娜,笑到龋齿都跟着晃动。

阿尔姗娜还发现了一只青蛙,它已被汽车轧死在马路上风干掉了,只剩下干枯的皮囊,以永恒的奔跑的姿态,定格在大地上。我们蹲下身去看了好久,感慨着这只可怜的青蛙,生前曾经怎样每日在庭院里歌唱;原本,它要穿过马路,去对面的菜园里寻找美味的食物,也或许去参加一场盛大的舞会,于是,它怀着对远方幸福的憧憬,穿过危机四伏的大道,却被飞奔而来的汽车,瞬间带离了人间。

我们一路为这只可怜的青蛙祈祷,希望它在天堂里不再遇到疾驰的汽车。马路上时不时地冲出一两只大狗,朝着郎塔凶猛地吼叫。郎塔胆小,不想惹是生非,只溜着墙根快步地走,并用低沉压抑的吼声,表达着内心的愤怒。也或许,它知道自己已是暮年,牙齿松动,毛发灰白,在尘世活不太久,所以就尽可能地节约体力,为主人再多尽一日看家护院的义务。夜晚我在荒草没膝的庭院里蹲着撒尿,它总会悄无声息地跟过来,似乎怕我被坏人侵袭。而阿尔姗娜和查斯娜不管走到哪儿,郎塔都会老仆人一样忠心耿耿地跟着,守护着她们。

可是,再老实善良的狗,也会有发飙的时候。经过一家商店时,一只等待已久的高大黄狗,和另外一只身材矮小的土狗，忽然横冲过来，朝着郎塔恶狠狠地咬下去。无意迎战的郎塔，终于被激怒了，扑上去便跟两只恶狗撕咬在一起。黄狗的气势瞬间尿了下去，掉头想要逃走，郎塔趁机一口咬住它的脖颈。黄狗大惊失色，迅速挣脱郎塔的利齿。郎塔却早已急红了眼，再次发动猛攻。三只狗于是发疯般撕咬在一起，任由阿妈怎么恐吓驱赶，都无济于事。阿尔姗娜早已吓得躲到我的身后，惊恐地注视着这一场突如其来的战争，并为郎塔担着心，不停地问我，郎塔会不会被它们咬死？

还好，郎塔打赢了这场战争，两只狗夹起尾巴，灰溜溜地回到自己的地盘，它们嘤嘤地哼叫着，大口地喘着粗气，甩着一身凌乱的毛发，又用舌头舔舐着被咬伤的腿脚，眼睛则警惕地朝郎塔看过来，提防它再次发起攻击。但郎塔并不恋战，它总是见好就收，瞥一眼两只垂头丧气地蹲伏在地上的狗，便英姿勃发地快跑几步，紧跟上我们。显然，它依然被刚刚的一场混战激励着，浑身散发出年轻时威猛的气息，仿佛它又回到多年以前意气风发的时光。

妈妈，你觉得那只青蛙可怜，还是郎塔可怜？阿尔姗娜忽然问我。

青蛙更可怜吧，它已经死了，至少郎塔还活在世上。我这样回答她。

不，妈妈，我觉得郎塔更可怜。因为它太老了，跟爷爷一样老。阿尔姗娜说。

唉,它们都很可怜,所以我们要爱护小动物,永远不要伤害它们。我叹息道。

像保护大自然一样吗?阿尔姗娜追问。

是的。我注视着满天被夕阳燃烧着的火红的云朵,和辽阔苍凉的草原,轻声地说。

## 二

院子里的鸡时不时地就被凤霞捉来杀上一只,所以它们吃得欢实,跑起来也虎虎生风,就怕一不小心,便被凤霞的菜刀,带离这片处处都是飞虫和蝴蝶的生机勃勃的庭院。院子里的草都长疯了。我迷恋隐在高高的草丛里撒尿的感觉,好像自己变身为一只野性的狐狸,柔软清凉的草尖轻轻抚过我的肌肤,发出窸窸窣窣的声响。那样的一刻,我仿佛化作成千上万的野草中的一株,化作自然的一个部分,与天空、大地,云朵、风和草原,融为一体。

在这样的庭院里,郎塔的孤独,跟草丛一样深。只要有人在庭院里走动,它就会悄无声息地跟过去,寸步不离地跟着。仿佛它是一个刚刚出生的婴儿,每一个家人都是它存活于世的依赖。

郎塔啊，去睡一会不行吗？老是跟着人走来走去，你不累啊？阿妈总是这样自言自语地劝慰郎塔。

可是郎塔并不听。它温顺柔和的眼睛里，始终散发着对家人百分之百的依赖和信任。仿佛这个庭院，是它生命中的全部。即便我已多年没有来过，它依然记得我的气息，在我刚刚踏进庭院的那一刻，它就欢快地跑上来迎接我。就在今天午后，阿妈才发现郎塔前面的左腿上，被昨天的大黄狗咬出一道长长的伤口，伤口周围的毛发脱落了大半，露出鲜红色的肉。但郎塔没有发出一丝的呻吟，以至于所有人都忽略了它的伤痛。它只是卧在门口的阴凉里，用舌头不停地舔舐着伤口，以此减轻它永远都无法向我们言说的疼痛。

郎塔真可怜啊！在院子里走来走去的阿妈，不停地絮叨着这句话。似乎这样，她就能帮郎塔尽快地好起来。

阿爸也很可怜。小脑萎缩的他，已经快要走不动了，即便挂着拐杖，也只能虫子一样向前蠕动。可他还是尽可能地劳动，去菜地里锄草。郎塔总是过去陪伴着他，一言不发地卧在草丛里，听阿爸一边干活，一边跟它絮叨。除了不会说话，我看不出郎塔跟人有什么区别，家里每个人说的话，发出的指令，它都能准确地接收到，并给出回应。

郎塔，进来！阿妈这样唤它，于是在大道上闲走的它，便会快跑几步，从阿妈敞开的铁门缝隙里钻进去。

郎塔，别跟过来！阿爸这样冲它说。于是它便乖乖地停住脚步，忧伤地注视着远方。

郎塔，出去！我一边打扫卫生，一边对钻进房间来的它喊道。于是它便扭头走出房间，停在门口，并温顺地卧在地上。

据说十岁的狗，相当于六七十岁的老人。这样说来，郎塔已是暮年。可它依然像年轻时一样尽忠职守，甚至我睡前出门看一眼天上的繁星，它也会立刻警觉地起身，寸步不离地跟着我。

正午，阿妈搬一个马扎，坐在门口的柳树下抬头看天，阿尔姗娜则和查斯娜天南海北地聊着，郎塔呢，就卧在树下的阴凉里眯眼小憩。天空上满是轻盈漂亮的云朵，有的像一座山峰，有的像一条游龙，有的像一匹骏马，有的像一只鹰隼。于是那里便仿佛另外一个人间，无数自由的生命在其中飞翔。它们空灵饱满，风一样在天地间游荡。一切都是轻飘的，柔软的，静寂的。阳光遍洒草尖，微风吹过，大地便闪烁着动荡迷人的光泽。两个孩子沉浸在她们自己的世界里，鸟儿啁啾鸣叫，草茎在空中起舞，牛偶尔发出哞哞的叫声。此外，世界便似乎只剩了我们这一个庭院，它远离尘世，犹如一粒琥珀，在草原的正午，散发幽静之光。

如果在这里待一辈子多好！我对坐在马扎上的阿妈感叹。

是啊，你老了来吧，每天都跟神仙一样，真舒服啊！阿妈也这样感叹。

我对凤霞说,永远不要跟风把自家房子卖掉,这将是一笔宝贵的财富。那些用十万二十万就将庭院整个卖掉的人,他们搬去了海拉尔,住进了楼房,靠打工为生,总有一天,会后悔的。

是啊,我不喜欢楼房,我还是喜欢有院子的家,我们的院子又大,还靠着河边,以后查斯娜读书走出去了,我们老了,还是在这里住。凤霞注视着窗外拖拉机上一小片跳跃的阳光,无比神往地憧憬着未来。

## 三

黄昏的时候,满天都是乌云,一场大雨即将到来。饭后,我带阿尔姗娜和查斯娜去河边玩耍。郎塔早就在门口等候着我们了,门一打开,它第一个蹿了出去。

大娘,你知道吗,我能听懂鸟语,还能听懂郎塔的话。查斯娜骄傲地向我炫耀。

那你说说郎塔刚才在说什么? 我笑着问她。

它说等等我,我也很想出去跟你们一起玩。

那么刚刚天上飞过的小鸟在说什么呢?

它们在说,快一点飞,大雨要来了,要不我们会被淋湿的。

还有一只飞在最后的小鸟,它在说,妈妈妈妈,我好害怕,雨把我的羽毛淋湿了怎么办啊? 阿尔姗娜奔跑着补充道。

经过邻居家一扇天蓝色的大门时，细密的雨点开始落下来，并飞溅到门上，形成好看的图案。

妈妈，快看，雨在门上画画！阿尔姗娜兴奋地喊道。

的确，雨点在门上飞快地挥动着画笔，瞬间便溅出一个俄罗斯套娃，一个可爱的小人儿，一只飞翔的小鸟，一朵闲散的云，一簇怒放的野花，一只爬行的毛毛虫。孩子们兴奋地尖叫着，指认雨点画下的每一幅精妙的作品。很快，雨大了起来，整个大门上便现出泼墨般的豪迈气势，宛若千里江山图。但我们已经没有心情细看，三个人朝着不远处一个打草房车飞奔而去。等我们气喘吁吁地推开房门，一个坐落在草原上的新奇房间，赫然出现在面前。

我从未想到房车会设施如此完备，不仅有煤气灶、烟囱、桌椅、水缸，还有可以睡三个人的上下床，主人还很讲究地铺了木地板。我立刻想，当初怎么不选择在这里写作呢？这几乎就是一个理想的栖息之地啊！

孩子们被这忽然洞开的王国给惊住了，立刻跳上床去，爬上爬下，乐不可支，好像哥伦布发现了新大陆一般。窗户上有一只蝴蝶，不知道何时飞进来的。大约，片刻前突如其来的这场大雨，让她跟我们一样，暂时逃到了这里。餐桌上有一把水果刀，已经有些生了锈。炉灶上的盆子里，放着一大把散乱的面条。一个女人的皮革材质的书包，歪歪斜斜地挂在墙上，已经落满了灰尘。看得出，这是一家三口的房车，女人负责在房间里做饭，男人和他的儿子则外出打草。除了房车，后面还拉着一个硕大的储水缸，过一段时间，打草的人就要返回来取水。在人烟稀少的草原上，水当然是极其宝贵的，除了做饭喝水洗脸刷牙，几乎不用作他途。当然，有时洗脸刷牙也是可以省略掉的。

郎塔在风雨中安静地守候在窗外，丝毫没有跳上来跟我们一起避雨的意思。不过，一群回家的奶牛经过时，它立刻兴奋起来，追着牛们狂奔，直到它们一溜烟跑上公路，它才停下来，喘着粗气，重新回到房车窗下，等候我们出来。

阴云越聚越多，以至于天空黑压压地紧贴着大地，只有我们所处的位置，有一些光亮，仿佛太阳撕开了一个小口，探视着人间。有隐隐的雷声，从遥远的天边断续地传来。我知道一场更大的暴雨，即将抵达，于是立刻带上孩子们，一路飞奔回家。

果然，当我们奔跑至屋檐下的时候，倾盆大雨立刻在大地上炸开，草原瞬间陷入无边无际的黑暗。

## 四

凌晨四点，出门去撒尿，一抬头，见夜空上竟有一弯细如美人眉黛的上弦月，闪烁着清幽冷寂的光。

此时，大地尚未苏醒，一切都在沉睡之中。天际被幽蓝的光线温柔地包裹着，草原仿佛子宫中甜蜜酣睡的婴儿。就连郎塔也沉溺在梦乡里，它的呼吸轻柔，身体在模糊圆润的光线中，轻微地起伏。空气湿漉漉的，在草丛里走上一圈，鞋袜上便沾满了露水。跺一下脚，水珠滑落在地上，发出细微的声响。大地上了无声息。人语，狗吠，牛叫，虫鸣，全都隐匿在某个神秘深邃的洞穴里；只等黎明到来，阳光瞬间遍洒大地，一切声响，倾巢而出。

有一些人生的烦恼，在这混沌的天地中暗涌。但也只如起伏的波浪，轻轻触碰着千年不腐的礁石；身体翻来覆去，片刻之后，便重新沉入梦中汪洋。

醒来时已是九点。孩子们已经吃完了早饭，换纱窗修理煤气灶油烟机的男人，照例开着汽车，用高音喇叭循环播放着生意，绕着小镇慢慢穿行。在广袤的草原上，从一个牧区到另一个牧区，离了汽车是不行的。所以卖蔬菜水果的商贩，也是开着卡车前来。我怀疑配钥匙的人，如果想要寻找一点额外的商机，也要开着汽车，来小镇慢慢转上几圈。不过，钥匙在草原上没有用武之地。所有的大门，都只是铁栅栏做成，随手就可以拉开门闩。而房间呢，晚上睡觉也是不用上锁的。尤其大雪封门的冬天，西苏木小镇上几乎没有几户人家，安静得好像另外一个星球；而人，则是这个星球上居住的神仙。

神仙是不怕孤独的，所以凤霞一家三口，也不怕孤独。他们反而喜欢这样无人打扰的安静生活。以至于凤霞每次回娘家，住在邻居间只隔一堵墙的院子里，听到早晨鸡鸭牛羊和人沸腾的声音，常常很不适应，总是希望快一点回到草原上去。

而那些更远的只有一两户人家的"嘎查"里，在城市里的人看来，活得更为荒凉。可是他们自己，却从未觉得。

如果有一个可以生产蔬菜瓜果和粮食的院子，一家人就可以在这里一生终老，不需要跟外界发生太多的关联，犹如草原上的一株蓬蒿，在无人关注也无人打扰的安静中，自由地走完一生。

## 五

每天都会有几只乌鸦，站在电线杆上呱呱地叫着，那寂寥的声音，在空旷中传得很远。我站在院子里，抬头看着它们，很想知道它们在说些什么。可是，它们并不理会我的注视，只是不停息地叫着，用不吉的声响，提示着危机四伏的尘世。

午后跟阿尔姗娜出门，遇到许多有趣的事物。我们见到一枚花朵一样炸裂开来的牛粪，大得犹如脸盆，应是从一头健壮高大的成年奶牛身上坠落下来的。芍药正在人家院子里生机勃勃地绽放，蒲公英遍地流淌，它们总是面临随时被一个孩子无意中采下,并吹走的飘零命运。"哈拉盖"浑身有刺,便避免了被人伤害的意外,于是便在人家篱笆下,兀自旺盛地生长着,时不时就有无名的野花,穿过哈拉盖散乱的茎叶,忽然间闪现。

于是阿尔姗娜便喊:妈妈,看,哈拉盖开花了!

我们还看到一朵孤独的牛粪,在路边风干掉了,可是它的身体里,却长出两朵优雅的蘑菇。也不知道它们的种子,是经过牛肠千折百转的过滤,重新有幸回到这个世界,还是被某只鸟儿衔着,无意中掉落在新鲜的牛粪里,于是便借着风雨,汲取着牛粪中的精华,并有了此刻迎风招展的勃勃生机。我们蹲下身去,好奇地注视着这两朵奇特的蘑菇,仿佛它们是一只可爱的乌龟,或者羞涩的蜗牛,在路边忽然间停下脚步,张望着寂静无声的草原。

郎塔明显老了,家人从未专门喂过它吃的,总是将剩饭随手一倒,它便跟着鸡们开始争抢那点可怜的食物。所以大多数时候,它去河边寻找青蛙食用,有时也去邻居家蹭吃蹭喝。甚至,今天还可怜到跟牛羊一样改吃素食,趴在地上,百无聊赖地嚼了一些青草。

郎塔一定是累了,所以跟着我们跑了一半,尚未到海峰商店,它便停下脚步,任凭我们怎么呼唤,也不肯向前。后来我们丢下郎塔继续向前,无意中回头,发现它已经掉头朝回家的方向走去。

饭后在凤霞家的菜园里走了一圈,见豆角已经爬上木架,开始结实。葱列队成行,剑戟般直指苍天。香菜老得厉害,已经高及人腰,且全都开满白色的花朵。苦菊匍匐在地,叶子散乱不羁。一场大雨导致一天无法光临菜园,柳蒿芽、茄子、黄瓜、青椒们便都朝疯里长,朝苍老里奔,好像童年刚刚过去,就一步跨进了老年,人都来不及看到它们青春勃发的样子。只有土豆和西红柿,还在慢腾腾地开花。卜留克的果实埋在土壤里,却已经看出脚下的泥土,犹如十月怀胎的腹部,高高地隆起。玉米还没有授粉,尚在拔节之中。六月才开垦出来的菜园,此刻正是最好的时候。

而镇上依然在此处居住的一些人家院子里,隔着栅栏看上一眼,菜园里也是如此生机焕发的样子。女人们只需在菜园里走上一圈,就能有满满的收获。郎塔也爱热闹,看见我和凤霞沿着菜垄走着,它也悄无声息地跟在后面,时而停下来,看一眼硕果累累的夏天。

黄昏的时候,牛羊回家,我见到阿妈口中的"光棍"恩和,他跟贺什格图同龄,三十五岁,但还没有娶上老婆,每天只跟牛羊马匹为伴。这是一个长得很帅的小伙子,举止中还有一种风流倜傥的潇洒。可惜,因为镇上几乎没有年轻的女孩,她们要么嫁到城市,要么外出打工,导致他连对象都找不到。他的父亲早已去世,母亲去了姐姐家看孩子,于是,他一个人守着偌大的院子独自生活。他自己对婚姻大事看上去并不着急，但外人提起来，总是不免替他叹息，不知那个属于他的女人，何时会来到这片草原。

晚上出门，猛一抬头，发现满天都是繁星。它们微弱神秘的光，正努力地穿透无边的黑夜，洒在苍茫漆黑的草原上。

我对这数以万计的星星一无所知，不知它们来自宇宙的哪个角落，又最终将划向哪儿。它们也无需人类铭记。它们自成永恒，与天地草原一样永恒地存在。

## 六

今天很热。在树木稀少的草原上，温度一上三十度，又没有风，就会酷热难当。以至于我觉得身体憋闷，喘息困难。还好有雪糕，可以缓解这难熬的酷暑。于是我和查斯娜、阿尔姗娜一人抱着一个雪糕，以"葛优瘫"的慵懒姿势，半躺在沙发上吃。吃完之后，才觉得世界又恢复了一丝清凉，于是搬个马扎，坐在门口，看着庭院里的野草发一会儿呆。

我猜测院子里大约有不下五十种野草。除了我所熟悉的灰灰菜、苋菜、地肤、燕麦、狗牙草、马蜂菜、蒲公英、马兰花，还有更多我根本叫不出名字的野草。今天通过"识花君"软件，得知蒙语中的野草"哈拉盖"，原来在汉语中叫"麻叶荨麻"，又称蝎子草，刺毛有毒，碰触到身体，即刻会产生类似荨麻疹一样的剧烈疼痛。今天穿过院子去厕所时，就被蜇了一下，脚踝处立刻肿了起来。

阿尔姗娜和查斯娜也对野草产生了兴趣，不断地拔下一棵又一棵草，让我拿手机软件识别。可惜软件并不是万能的，有些根本识别不了，或者只能提供相似度。于是我只好对两个兴致昂扬的小孩子老实交代，我真的不知道这些形形色色的植物到底有怎样的名字和前世今生。

因为我们即将离去，凤霞决定将那个有着墨绿色油亮尾羽的公鸡杀掉做晚饭。杀鸡是凤霞的专业，家里的男人们都不敢碰，凤霞抓住鸡的翅膀，提刀在脖子上一割，鲜血立刻喷出，鸡在地上挣扎着扑腾两下，很快便解脱了人间的痛苦，停止了呼吸。站在一旁观看的查斯娜，忍不住双手合十，闭上眼睛说：鸡好可怜啊，我给它祈祷一下吧。

饭后，再次深情地注视这个杂草丛生的庭院，心里竟涌起不舍。夕阳将每株草一一照亮，草茎上细小的绒毛，便在一天中最后的光里，努力散发出微茫。仿佛它们正站在明亮的舞台上，进行着一场盛大的星光熠熠的演出。每一株草茎，都是这个世界的焦点，都有着动人心魄的呼吸。

这是夏天，属于草原的夏天。而我，即将离去。

# 觅 食 者

## 一

我和朋友面对面坐着,安静地吃一碗骨汤面。

窗外,刚刚下过一场大雪,整个世界寂静无声。偶尔,一个老人从楼下轻咳着走过,空气微微晃动一下,随即恢复如初。呼啸了一夜的大风,在黎明时分就已停息,只有高原上的阳光,照耀着冰封的广袤大地。

这是正午,家家户户都在厨房里为午餐忙碌。老旧小区的窗户上,氤氲的热气模糊了人们看向天空的视线。就在那里,古老的星球像一滴深情的眼泪,在无边的宇宙中漂浮。一切都在发生着悄无声息的变化,一条皱纹爬上一个中年女人的额头,一根白发在一个老人的鬓角闪烁,一颗新鲜的牙齿从一个婴儿口中破土而出。而在人类无法抵达的那些角落,无数的分子正在分裂为原子,无数的原子又重新聚合为分子。

城市里的人类，正为一日三餐奔波。只有动物们，可以忘记晨昏昼夜，沉溺于冬眠。此刻，北方的森林里，鼾声此起彼伏，宛若清幽的小夜曲。风吹落枝杈上的积雪，什么也没有惊动。草木在秋天就已停止了生长，陷入深沉的睡眠。早起出门的人，踩着积雪咯吱咯吱走过，仿佛走在永远不会苏醒的梦中。

就在这个城市的某个角落，一间小小的厨房里，朋友正为我的雪后到访，细心地准备一碗骨汤面。汤是一早就在锅里炖好的。在我抵达前的三个小时里，火焰舔舐着锅底，发出快乐的喊叫。羊棒骨将生命最后的精华，奉献给锅中美味的汤水。穿过大半个城市的风雪抵达的我，脱去冰冷沉重的外套，从锅里舀一勺热气腾腾的汤汁，迫不及待地喝上一口，那鲜美的味道，瞬间温暖了我整个身体。

这个城市的冬天，常常冷得让人绝望。短暂的秋天过后，所有生机勃勃的绿色便消失不见。大地冰冻成坚硬的烙铁，仿佛在这片苍茫的蒙古高原上，生命从未抵达。一个人在街头瑟缩着行走，总会想起很少有过快乐的童年。每天早自习后，我吸溜着鼻涕，沿着清冷的村庄大道，孤独地走回家去。我的双脚早已冻僵，两手肿得像发面馒头。夜里睡觉因为忘了蒙头，耳朵也已冻裂。庭院里的母亲，似乎永远都在灶房里忙碌。风箱呼哧呼哧地喘着粗气，火焰伸出红色的舌头，照亮母亲年轻的脸。稀薄的阳光洒在柴草上，又将母亲的影子拉长，落在对面的梧桐树上。见到母亲，不知为什么，我的鼻子里酸酸的，有些想哭，但最终还是吸溜着落到唇边的鼻涕，一边伸手烤着火，一边撒娇似的，哼哼唧唧抱怨着把人冻死的鬼天气。母亲从来没有耐心听我的抱怨，她总是朝炉膛里丢一把玉米秸，训斥我道：快回屋去！可是除了更冰冷的空气，屋里什么也没有。偶尔，也会有父亲在忙着生炉子。水壶里的水，在火炉上欢快地冒着泡泡，玉米棒槌在炉膛里轰隆轰隆地燃烧着。这温暖的声响，让严厉暴躁的父亲现出难得的温情，他会拉过我，将我的手捧到唇边，努力哈着热气。他的脸被炉火照得发亮，不，整个滴水成冰的冬天，都被照亮了。

此刻，我站在朋友家的厨房里，外面是冰天雪地，热烘烘的暖气却让我感觉春天来临。骨汤已经熬成了奶白色，浓郁的香气顺着缝隙飘出窗户，楼下途经的人嗅着空气里弥漫的香味，忍不住停下脚步，仰头冲着窗户咽一口唾液，而后踩着满地积雪，咯吱咯吱地快步走回家去。

手擀面已经咕咚咕咚地煮着。一只圆润的西红柿，被朋友切成漂亮的心形，面快熟时，两三棵碧绿的油菜与西红柿一起，在热汤里打个滚儿，便捞入碗中。面不多不少，恰好两碗，红的鲜亮，绿的明净，热气腾腾地端上饭桌，让人很想再配一碗天地间银白的雪，干一杯醉人的红酒。熟牛肉、凉拌猪耳和花生米这些下酒菜，早已摆上了饭桌。骨汤面与红酒，看上去并

109

不搭配，但在这样一个只想藏进洞穴与世隔绝的冬日，这简单的日常，看上去却又如此地完美，仿佛我们漫长的一生，就应与朋友这样闲适地度过。

但在无数的一日三餐中，这样朴素的一餐，却可能耗尽我们许多年，赶了上千里路，才与朋友千里迢迢相聚在一起，坐在餐桌的两边，一边聊着遥远的往事，一边享用着雪天里一碗滚烫的骨汤面，一杯清甜的红酒，一碟鲜嫩的酱牛肉。窗外的大风，在辽阔的北疆大地上日夜扫荡，我们各自在人生轨道上，按部就班地向前，为那些死去之后必将化为虚无的功名忙碌不休。如果没有这一场寂静的大雪，如果呼啸的大风不曾唤醒我们内心的哀愁，或许，"改日相聚"永远都不会到来。我们当然也会相见，在言不由衷的会议上，在觥筹交错的饭局中。那些不能证明我们活着的时刻，充斥了人生的每一个角落，只有被一碗骨汤面熨烫过肠胃的此刻，才会真正意识到，我们在热烈赤诚地活着，我们不死的灵魂，从未放弃过对于爱与自由的追寻，正如一株生长在大地上的树木，从未停止过向着深蓝的天空无限伸展的脚步。

一碗面吃完，我们又面对面坐着，说了许久的话。有时，我们也会停下来，看着窗外的雪，又在高原耀眼的阳光下，纷纷扬扬地飘落。世界浓缩为此刻，除此之外的一切，都不复意义。只有此刻，生命饱满，天空洁净，我们奔波的肉身停止了喧哗，在这奢侈的午后，散发寂静光芒。

我忽然想起二十多年前，在同样冰冷的冬日里，被父亲粗糙的大手握住的某个时刻。那一点温暖，延续至今，像灶前跳动的火焰，将我生命中所有的寒冬，一一点亮。此刻，一碗已经化为我身体某个部分的骨汤面，接续了这一点微弱的光亮，成为人生中的永恒。

想吃面的时候，说一声，我做给你吃。朋友说。

我点点头，推开老旧的防盗门，紧一紧棉衣，将自己融入漫天飞舞的大雪之中。

## 二

黄昏，我坐在花果园社区的一处"天井"里，一边等待酸汤鱼，一边抬头看四角的天空。

相比起北疆大写意的空，花果园的天空是逼仄的，魔幻的，仿佛一脚踏入另外一个星球。人走在几乎将天空与青山一口吞没的密密麻麻的高楼大厦之间，有瞬间变成一只渺小蚂蚁的错觉。一切都巨大无比，荒蛮推进，所有高楼都如钢戟，冷硬地插入大地。群山在楼宇的轰鸣中，惊退几千米，为人类让路。这迷宫一样繁复的世界，让人晕眩。一只鸟在此盘旋了一天，才发现自己迷失在花果园。

这是夏日，凉爽的风化作游蛇，流进高楼大厦的缝隙之中。天井里忙碌的人们，偶尔会像青蛙一样抬起头，在湿润的风里发一会呆。更多的时候，近百万人在苹果园社区二百多栋摩天大楼中间，化作尘埃，埋头忙碌。

正如此刻，小饭馆的女人一边挥舞着苍蝇，一边忙着为我们做一盆麻辣爽口的酸汤鱼。她有一张俊俏的脸，嗓音清亮，站在天井里喊上一声，三十层高楼上俯瞰的人，都会被她吸引，心里琢磨着，要不晚饭也来一盆鱼鲜肉嫩的酸汤鱼？她的丈夫同样充满活力，有长年日头晒出的黧黑肤色。晚饭的高峰期已过，这难得的清闲，让他的身体松弛，声音舒缓，脚步慵懒。他的眼睛追随着蝴蝶一样飞来飞去的小女儿，她刚刚学会走路，正在天井的两三个饭桌中间，快乐地穿行，操练着人生中第一个让她得意的技能，嘴里同时发出奶声奶气的啊啊喊叫声。很难想象，一对夫妇开着一个酸汤鱼饭馆，忙碌的时候如何照看小小的孩子，是否会因为忙乱发生争吵？但此刻沁凉的晚风，让一切变得无足轻重。仿佛一天中那些蚊虫一样飞舞的琐碎烦恼，从未出现。他们在钢筋水泥铸成的这一方天地中，只安心活在当下，至于明天，那么久远的事，并没有此刻逗引女儿更为重要。

我们坐在天井里吃鱼。暮色四合，人声浮动。日间的浮躁被夜色缓缓过滤，次第亮起的街灯，将花果园变成一座气势恢宏的城堡，神秘而又梦幻。一切被高楼裹挟的声响，开始减弱。抬头看天，已漆黑一片。这消融了边界的黑暗，将被高楼围困的压抑慢慢稀释，于是人们不再逃离，只想跟某个老友坐下来，要一杯冰镇啤酒，和上百万出入花果园的人一起，融入此刻沸腾的人间。

鱼是清江鱼，肉质嫩滑细腻，入口即化，酸汤则味道鲜美，辣味十足。向来不能食辣，但夏日夜晚的这盆酸汤鱼，却瞬间打开我的味蕾，让我胃口大开，一刻也不能停。嘴里火辣辣地燃烧起来，但干掉一杯冰镇啤酒，肠胃又可以继续开动。此刻，暑气在南方的大地上缭绕，闷热窒息着疲惫了一天的人们。但四面八方吹来的风，却将这片外人眼中鱼龙混杂的魔幻之城，变成人间的天堂。在这无处可躲的酷暑，我愿每日吃睡在这里，也最终埋葬在这里。就像很多年前，无数贫寒的人们，死后被随意地丢弃在这片乱葬岗。而今，百万人为了谋生，会聚到这里，彼此互不相识，擦肩而过，便如一滴水消失于汪洋。可是，即便如此卑微，即便仰头看不到群星，却也从未放弃清凉夏夜中，对一餐一饭的追求。这不死的欲望，支撑着我们平庸的肉体，也滋养着我们蠢蠢欲动的灵魂。

一盆酸汤鱼充盈了我们的肠胃，也打开了彼此的心。朋友说起自己的母亲，刚刚做完心脏手术，眼看着风烛残年，人生的时日不多。感觉一阵风来，生命的火焰就会随时熄灭。在此之前,朋友从未想过生离死别,以为我们会永远活在这个世界,以为今日结束,会有无数个明日抵达。是母亲一颗破损到需要修补的心,让朋友忽然意识到来与去,生与死,都只是短暂的一程。母亲每日为家人忙碌的一日三餐,也终会在不久的将来,戛然而止,成为永不复返的过去。

我也聊起自己黯淡的童年。被父亲打骂时尿湿裤子的羞耻,因为父母无休无止的争吵,逃出家门、无家可归时的孤独。贫穷如影随形,日日将我嘲笑,拉到众人前鞭打,拷问。许多个春天,万物散发勃勃生机,小小的我,在翻滚的麦浪中穿行,却希望有一片汪洋,能将自己立刻吞噬,而那些日夜将我折磨的痛苦与恐惧,也会随之终结。可是,人生如此漫长,痛苦也一路跟随,从未休止。我这样走过很多年,终于远离故土,一路北上,与父母相隔千里,很少联系。

我究竟是如何与生我养我的父母,形同陌路的呢?我常常想不明白。就像我也不明白,在我吃下的无数的餐饭中,为何独独是这一次,与朋友相聚在没有鲜花和果实的花果园,就着米饭,吃下一盆美味的酸汤鱼,并喝下一杯杯啤酒?

想不明白,也不再去想。鱼已经吃完,空空荡荡的盆里,只剩下完好无损的鱼骨,在稀薄的鱼汤中,用一只茫然的眼睛,注视着天井上方的一小片夜空。那里,正有一两颗星星,穿越几万光年的距离,散发出稀薄的光。

饭后，走至一片完全由高楼圈起的空中露台，坐在台阶上，看人们穿梭来往。商贩们早已高高挂起了灯盏，白炽灯下晃动着一张张陌生的面孔。早晨还在兜售包子和米粥的小店，到了夜晚，转卖水果。饱满多汁的西瓜，三下五除二就被店主削了皮，切成小块，分到透明的小盒里，再配一两个牙签，卖给路人。提了吃食和水果的年轻情侣们，牵手消失在四十层高楼里。那里，四百多家主题酒店，正在霓虹灯下，用暧昧的名字，招揽着南来北往相聚于此的男人女人。

就在夜晚蓬生的欲望中，我看到一个中年女人，坐在我的对面，用手机喋喋不休地与另外一个人说着什么。她的口红涂抹得色泽不均，好像刚刚出门，就碰到一场大风，将口红吹得七零八落。隔着一两米远，我似乎闻到她的嘴里，散发出路边廉价盒饭的味道，那味道里大致是豆芽、腐竹、白菜或者黄瓜。打电话来的人，女人明显并不熟悉，她因此扯着嗓子，不停追问对方所推广的项目，到底有多少收益。她的口音听起来并不是本地人，不知是因为什么流落此地，并在四十层高楼的某个小房间里，从事着一份神秘的职业。她的大嗓门里，透着紧张与不安，脸上挂着一抹神经兮兮的微笑。透过手机的听筒，我听见男人的声音，正化作一张诡异的巨网，悄无声息地朝着女人一步步逼近。而女人，混迹于夜色笼罩下的百万众生，在楼宇组成的群山峻岭中，蚊虫般惶然地飞着。

我注视着灯光下被人忽略的一角，仰头看一眼夜色中似乎在无限生长的高楼，将手中一片吃完的西瓜丢进垃圾桶里，起身与朋友离去。

## 三

在偌大的杭州城，我总是迷失方向。朋友便说，闭上眼，尽管跟我走。

于是半小时后，我便坐在靠窗的位置，从二十层高楼上，俯瞰着大半个杭州城。我不清楚这是哪个区域。作为路盲症和脸盲症患者，我总是将路过的城市和擦肩而过的人很快忘记，仿佛自己在这个城市的一角，看到的霓虹闪烁，商贩叫卖，只是梦境一场。而那些曾经坐在一起，打过招呼，碰过酒杯的人，也如一滴水融入汪洋，瞬间消失不见。我也从未关心过这些逝去的点滴。在我们漫长的一生中，只有那些与灵魂息息相关的事物，才会融入血肉，成为生命的一个部分。它们闪闪发光，宛如夜晚的星辰，我无需将它们刻意地记下，我只要抬头，仰望苍穹，它们就无处不在。

正如此刻，朋友将一瓶冰镇的德国清啤，缓缓倒入我的杯中。窗外，初夏傍晚的余晖，正穿过对面巨大的玻璃幕墙，投射到我的酒杯上。菜还没有来，但诱人的香味早已弥漫了整个饭馆。人们说说笑笑，年轻的服务生高举着餐盘，欢快地穿梭来往，收银员熟练地为顾客结账。这熟悉的日常，却因与朋友千里迢迢的一场相聚，让我动容。仿佛在此之前，我们吃过的千百次饭，不过是为了完成此刻的重逢。

这是花费二十分钟，便可从一个城市抵达另外一个城市的高铁时代。但人与人的相见，并不比《诗经》时代更为频繁。两颗心之间的距离，也并未因为一秒抵达的网络而缩短丝毫。我们一生中的大部分时间，都漂浮在苍茫的大海上，孤独找寻着与自己灵魂相通的那个人，对方无须你说什么，彼此对视一眼，便能瞬间抵达。

作为一个热爱美食的享乐主义者，朋友熟悉这座城市的酒肆茶楼，就像熟悉自己的肠胃喜好，总能在曲折的街巷和林立的高楼中，找到一个愉悦的角落，将所有人生的负累统统抛掉，只让诱人的美酒饭菜穿肠而过，抚慰疲惫的身体。此刻，年轻的服务生正端着一大份火焰冰虾，微笑着朝我们走来。透明的玻璃器皿中，冰块高高耸立，犹如北极圣洁的冰山，闪烁着耀眼的蓝。新鲜的虾已被黄酒浸润，此刻全都醉卧在冰山上，等待食客的享用。服务生将白兰地缓缓倒入，点燃，淡蓝的火焰雀跃着，将冰虾一一照亮。那鲜嫩的肉质，浓郁的香气，让人觉得仿佛整个神秘的北极，都横亘在面前。

先吃一只虾，再呷口清啤试试。朋友将剥好的虾递过来，柔声说道。我将虾放入口中细细嚼着，北极深海的气息，立刻弥漫至舌间一万个味蕾。随即，香醇的清啤汇入其中，清甜紧密的虾肉，仿佛被清新的海风沐浴，重现生命的自由。夕阳正用尽最后的力气，将一抹热烈的光，洒在对面的高楼上。就在明与暗交汇的地方，一只飞虫穿过神秘的阴影，奔赴燃烧的天堂之光。

人们把酒言欢，酣畅淋漓。暮气四浮，喧哗渐渐退去，若有若无的音乐，正穿过城市的上空隐约传来。这即将抵达的寂静，让人心变得柔软，仿佛我们活着的所有意义，都是为了这一粥一饭。

我与朋友彼此倾诉着漫长时光里，各自的人生历经。有时，我们什么也不说，任由美好的沉默，在身边缭绕。生存的艰辛，命运的跌宕，都已成为过去，此刻，我们只需一瓶沁人的清啤，一桌鲜美的鱼虾；这些慰藉肠胃的美食，丰盈了我们的肉身，并将这个美妙的黄昏，化为生命中的永恒。

窗外，夜色完全笼罩了大地，仿佛杭州西湖、灵隐寺、雷峰塔、钱塘江、西溪湿地，都不复存在，天地成为混沌的一团，闪烁着幽暗的光。酒足饭饱的人们，迈着微醺的步子，慢慢踱出餐馆，互道一声晚安，而后消失在无边的夜幕之中。

街灯在马路上洒下细碎的光影，风吹动道路两旁的香樟树叶，发出静谧的声响。打车去附近的酒吧，那里，一场让人迷醉的爵士乐正在上演。车窗外霓虹闪烁，犹如梦中蒙眬的睡眼。几颗星星在遥远的天边注视着人间。晚风多情，掀动路边女孩的裙角，撩拨着一颗夜色中飘来荡去的心。

与朋友各自要了一杯红酒，慵懒地坐在酒吧一角的沙发上。台上年轻的女歌手，正在萨克斯轻柔的演奏声中，微闭起双眼，性感地晃动着身体。当她打开歌喉，时而轻盈奔放、时而沙哑咆哮的声音，立刻将我俘获。似乎，整个夜晚的杭州城，都沦陷在这让人神魂颠倒的歌声中。不过饮下小半杯红酒，灵魂便迫不及待地冲破肉体的束缚，跟随醉人的音符，和热情的歌声，在辽阔的大地上自由地飞翔。

此时，仿佛连身边的朋友也不重要。夜晚的风声停止，星辰全部退去，喧哗消逝，人群忽然隐匿不见，世界陷入静止。

我为什么抵达这座城市？与朋友此后一别，是否还能相见？缩在童年阴暗的壳里，一直不想长大的自己，会以怎样的结局，终结起伏的一生？所有留在过去的伤痕，脱落后是否依然会留下尴尬的印记？这所有曾经占据过我的生命的负累，一杯红酒之后，全部消融在孤傲的乐曲中。

我沉溺其中，一曲终了，还想继续。

仿佛这一晚没有止境，是人间永不会散去的宴席。

## 四

  饭菜摆满餐桌的时候，我和禅举杯，忽然想起，这一天是母亲节。但我们都不在母亲的身边。禅的母亲早已化作缥缈的尘埃，而我的母亲，则在千里之外的故乡，许久都未曾联系。我们举杯，为做母亲的自己庆祝节日快乐，也为曾经折磨了我们的母亲，那在尘世的和已经离去的、一生都没有快乐过的母亲。

  音乐安静地飘来荡去，昏黄的灯光落在禅皱纹横生的额头上，将所有流过那里的岁月，一一照亮。菜有些凉了，我们却吃得很少。女服务生像一只蝴蝶，悄无声息地走过来，帮我们续一杯茶水，又悄无声息地消失。更多的人慵懒地倚在沙发里，像一只猫蜷缩在黑暗的角落。黑暗伸出无数只手，抚慰着奔波劳碌的人们。

  我和禅对今晚吃些什么，似乎都没有兴趣。那在天上和人间的母亲，此刻仿佛坐在我们身边，倾听我和禅对她们的控诉。是的，控诉。做母亲的有没有想过，她们留给女儿心里的伤痕，是永远祛除不掉的呢？在天上的已经听不见了，在人间的三年未曾联系，却从未想过打一次电话，问一句女儿是否还好？

  当你得知母亲去世的时候，你的灵魂是不是获得了解脱？

  我平静地问出这个问题，既想知道禅内心的怨恨，是否随着母亲的离去彻底放下，也想预知某一天，当我面临同样的问题，内心是否依然心如止水。

我没有想到，禅听到这个问题，竟然失声痛哭。我什么也没有说，只递给禅一张纸巾，默默等待风暴过去。

我与禅有着同样的母亲。她因性格好强，和总是不如意的困顿生活，变得暴躁乖戾，试图控制身边每一个人，尤其自己的女儿，借此将所有对于残酷命运的憎恶，都暴力地施与我。她也曾是一个眼神清澈、笑容羞涩的少女，可是生活却将她变成粗粝的农妇，并在日复一日艰辛的劳作中，内心失衡，开始用恶毒的言语咒骂与自己有着一样容颜的女儿。她看到这个孩子在身边晃来晃去，眼看着她飞得越来越高，越来越远，无法控制，她因此生出愤怒，仿佛被命运再一次无情地扼住了喉咙。她要挣脱，而唯一的方式，就是去折磨已经跟自己的命运迥异的女儿。

我理解母亲给禅带来的长达一生的痛苦，却不知道这痛苦如此猛烈地击中了她，仿佛一块巨石从天而降，她所有人前的伪装，所有此刻的欢乐，都被瞬间击破。她低垂着头，将手摁在胸口，用了很大的力气，才虚弱地说出一句话：你不知道，永远不会解脱……你不知道，我的心多么痛，真的痛死了啊！

比我年长十几岁的禅，对母亲百依百顺，从未想过像我一样对抗。作为家中长女，她成了母亲的出气筒，所有来自生活的苦难、羞辱、卑贱，都被母亲加倍地发泄在禅的身上。禅默默忍受着一切，找不到逃脱的出路。她也从未想过逃脱，那意味着亲人眼中的背叛和不孝。她只想尽办法，用讨好母亲的方式，换得她对自己的爱。可是，母亲对禅似乎只有永无休止的恨，这恨如此之深，仿佛尚未降临尘世，就已根植在母亲的生命。

"我为此看了许多心理学方面的书籍，试图去追溯母亲漫长的一生，发现她所有对我的恨，或许源自苦难深重的童年。外公参加过战争，但早早去世，孤儿寡母为了有口饭吃，苟活在世，受尽欺辱。我的父亲娶了她，却不能满足她对物质热烈的需求。她年轻时非常爱美，喜欢漂亮的裙子，但凡新来的样式，一定要去买一件来。我记得童年时，放学后，总看她锁上房门，在房间里对着镜子试穿衣服，左顾右盼。我因此小心翼翼，不敢推门打扰，怕她飞起一脚，将我踹倒在地。因为经济总是捉襟见肘，父母便常常吵架。她吵完架就大哭一场，一天不吃不喝，也不给家人做饭。待她吃饱了饭，有了力气，又拿着藤条满院子追着骂我。母亲生我的时候，大出血，差点要了性命，或许因此，她觉得我一辈子欠她，拿命来也还不清那种。她常常诅咒我死，甚至儿子在我腹中八个月的时候，她还骂我，并锁上房门，不让我吃饭，我内心抑郁，导致儿子早产。唯一值得宽慰的是，她对外孙特别宠爱，上天似乎将所有她应该给予我的爱，全部拿去，给了我的儿子。如果我现在还有一些爱的能力，大约全部来自父亲，可惜，他也被母亲无休无止地折磨，五十岁就去世了，我们兄妹一直觉得，父亲是被母亲活活气死的……"

我听着禅悲愤地控诉，知道她对母亲爱恨交加。她是一个爱母亲胜过爱自己的女人，她对母亲所有的讨好，都出自本心，仿佛一个卑微的孩子，讨好着命运，希望会有一丝光，忽然降临自己的人生。她为此努力了五十年，可是，那个折磨她的母亲去世了，她依然没有得到命运恩赐的一粒糖果的甜。

你跟母亲失联的这三年，内心没有过愧疚吗？禅困惑地问我。

"没有，因为我彻底放下了，我知道我所有的努力，都对这种关系的修复于事无补。我们是完全不同的两代人，对生命有着完全迥异的认知。母亲认为她生了我，我就要一切听命于她，稍有违逆，她就骂我是畜生，猪狗不如。我是唯一一个走出小城的孩子，姐姐弟弟留在故乡，却因经济条件有限，没有能力关照父母。我一个人养老，没有怨言，却无法忍受母亲对我人生的控制。我嫁到千里之外的塞外，或许是命运冥冥中在帮我逃离。我也曾像你一样事事听命，想要挣脱，却内心恐惧。终于有一天，我跟母亲大吵一架，再也没有回头。我短信告知姐姐弟弟，此后我的人生，不再需要父母管控，我们各自负责各自的人生。父母和子女虽有血缘，终会蒲公英一样，散至天涯海角。我的生命来自母亲，却只属于我自己。我接纳所有过去母亲给予我的伤害和辱骂，因为那是我的命运，我也接纳而今决绝离去的自己。我知道有一天，母亲会离开这个人世，那是她受苦的一生，得以解脱的日子。她所有对于人生的不满，不应给予自己的女儿，她不懂得这个道理，我也无法帮她走出，这人生的痛苦，她想不明白，就只能一个人承受。我从未因此有过愧疚，我只有精神的自由，真的，自由的感觉真好。"

仿佛这是人生中第一次，将我与母亲的爱与恨，倾诉给一个人听。我知道禅会懂得，我也知道禅做不到我这样的"无情"，她也没有机会这样做了。

她真狠心啊，去世两年了，一个梦都没有托给我，她死了也不肯爱我……禅这样说着，眼泪又无声无息地流下来。

桌上的饭，全都凉了，我和禅谁也没有去吃。似乎这些饭摆在面前，只是为了听我们哀伤的倾诉。

现在，故事已经讲完，饭菜也全部打包。禅拭去眼泪，我也抚平内心的皱褶。推门出去，见夜空中几颗寥落的星星，正散发出冷寂的光，仿佛命运注视着我们，在爱的道路上，继续孤独地追寻。

# 四 季 歌

一

某一年，我坐在故乡的庭院里，倚在暖暖的墙根下，眯眼晒初春的太阳。父母都已出门，走街串巷地拜访。院子里静悄悄的，偶尔会听到一粒麻雀的粪便，啪嗒一声，落在干燥的梧桐树叶上。风穿过树梢，瓦片，矮墙，香台，缓缓地落在阒然无声的院子里，并在一株桃树投下的影子上雀跃，发出轻微的嘶嘶的声响，犹如一条蛇，在树叶下寂寞穿行。

远远的大道上，传来女人们的笑声。在这一天，女人的声音是最响亮的。她们秉承着古老的礼节，一丝不苟地执行着，就连笑声，都经过了修饰般熠熠闪光。男人们兜里装着上好的烟，不管见了谁，都会抽出一支来敬献。北方的空气干洌，明灭的烟火，似乎将空气也点燃了，人一推门，便会被呛人的气味撞个满怀。除夕夜没有绽放完的鞭炮，又在某个人家的墙头上，噼里啪啦地响了起来。于是整个村庄，便被微醺的烟火气息缭绕着。人们走在这浓郁的年味里，步子也微微晃动起来。似乎，隔夜的那杯酒，在春天的第一个黎明，依然还未散去。

但我并不关心这些。它们被晒得暖洋洋的围墙，隔在了外面。我只关心高大的梧桐树，在深蓝的天空上划下的稀疏的印痕。它们是天空的血管，在公鸡的鸣叫声中，忽然意识到春天的降临，便将一整个冬天蕴蓄的能量，汩汩流淌而出。我在静默中坐着，似乎看到天地间有万千棵树，正伸展着粗壮的枝干，将血液从遒劲发达的根系，运送至每一个向着蓝天无限靠近的末梢。我的嗅觉拨开除夕的烟尘，闻到春天质朴又盎然的气息。那气息从小小的庭院出发，从开始显露绿意的杨树枝梢上出发，从一只探头又反身的蚂蚁触须上出发，从麻雀活泼的羽翼上出发，沿着小巷，飞奔向广袤的田野。那里，匍匐的麦苗正抖落满身的积雪，将厚重的墨绿，变成清新的浅绿。串门回来的老人，轻轻咳嗽着，折向自家的田地，犹如一个诗人，深情注视着此时正在苏醒的大地。他将在这片属于他的大地上，弯腰度过四季。

而此刻，春天，四季的起始，在鞭炮声中，才刚刚开始。

## 二

南方已是春天，出门走走，湿冷的天气，并不比北方暖和多少。找了一辆单车，骑行不久，手便生出凉意。

但白玉兰早已在街头巷尾热烈地开着了。新鲜的叶子，犹如一盏盏空灵的灯，将沿街的树一一点亮。人家的屋顶上，耀眼的迎春花瀑布般倾泻而下，又在半空里带着惊讶，忽然间停驻。银杏树尚未发芽，空荡荡的枝头上却早已有了一抹绿意。山茶花在人家店铺的门口，安静吐露着芬芳，俯身去嗅，香气会让人一时间失了魂魄。沿护城河生长的菖蒲最是旺盛，遍地铺展着，又将剑戟一样的叶子，刺入半空。

南方的美，在这时节，不可言说。空气清新，氧气被绿意一遍遍冲洗着，有些醉人。北方此刻还是荒凉开阔，南方却行人如织，慢慢热闹起来。但这种热闹，不是夏天挥汗如雨的稠密，是恰到好处的暖和轻。走在路上的人们，都以闲庭散步的姿态踱着步。巷子里的小狗小猫，也摇摇晃晃地小跑着，带着孩子般的喜悦和顽皮。

一有阳光，人们便纷纷走出家门，喝茶或者去晒太阳。初春，因为没有暖气，南方人对于阳光的热爱，北方人大约不能理解。但凡出一点太阳，大家就开心得好像中了百万彩票，呼朋引伴，赏花看水，好不热闹。

南方似乎永远都是树木繁茂的样子，阳光洒落下来，每片叶子都闪闪发光，每个角落也瞬间明亮起来。在一片树丛中，我还看到几只小松鼠，衔着捡拾来的果实，欢快地在松树林里上下奔走，它们的毛发光亮簇新，犹如柔软的绸缎。行人纷纷驻足，带着笑，仰头注视着它们，好像这几只松鼠，是上天派到人间的使者。

再走几步，又见一棵百年古树，被几株松柏团团围住，犹如母亲被孩子们亲密簇拥。道家讲，道法自然，大道无为，像草木动物一样在天地间自由生长，大约是我们人类最高的生命境界。阳光，雨露，风雪，这些自然中纯净的事物，也是人类终极的幸福追求。来路即去路，我们自天地中来，也必将归于天地万物，化为泥土，或者空气，浮游于苍茫宇宙。

## 三

在近郊的公交站牌下，一大片花期已过、结出小巧果实的桃树林里，忽然看到一只野猫，在两排桃树中间的空地上，昂首挺胸、闲庭散步般地走着。树隙间洒落金光点点，它的毛发犹如太阳照耀下的汪洋，波光粼粼。那一刻，这片郁郁葱葱的桃林，成为它的王国，一排排桃树则是威严的士兵方阵。风吹过来，树叶哗哗作响，仿佛一首舒缓的奏鸣曲。

那只野猫，就这样慢慢走着，不关心尘世喧哗，不关心呼啸而过的车辆，不关心猎物，不关心明天。那一刻，它高贵的灵魂里，流淌着一条自由奔放的河流。

黄昏时分，又一场雨清洗了整个天地。大青山氤氲在雨雾中，犹如浮在缥缈虚幻的半空。近郊的花草树木，湿漉漉地站立在大地上，满含着哀愁，不发一言。

我问载我的司机：大青山的青色，到底是什么颜色？答曰：青色是介于蓝色和黑色之间的颜色。

注视着窗外烟雨中连绵起伏的群山，我忽然很想化成一抹深沉的青，融入这无边起伏的壮阔之中。

## 四

我坐在校园的小树林里，抬头看天。

天上空空荡荡的，什么也没有。阳光洒在一株年轻的白桦树上，将每片新生的叶子一一照亮，整棵树便在圣洁的光里，随风发出亲密的私语。

芍药尚在含苞，红色粉色白色的花朵，羞涩地隐匿在叶片中，只等某一天，被鸟叫声惊醒。洋槐树有着惊人的生命力，它们的根基伸展到哪儿，哪儿就很快长出一株茂盛的槐树。它们隐居地下的根系，也一定遒劲发达，即便有人斩断一段，也会从断裂处迅速长出新的生命。

一株过了花期的桃树，在白桦树的对面静默无声地站着。几只喜鹊飞来，蹲踞在枝干上，许久都没有离去，仿佛在耐心等待一只瓢虫爬过枝头。蜜蜂有些孤单，绕着枝叶嗡嗡盘旋一阵，便掉头飞往附近一棵正在枯萎的丁香。火炬树高高擎起红色的果穗，以入侵者的姿态，向其他树木昭示着自己的所向披靡。在九月来临之前，它们的叶子是温润的绿色，一旦嗅到秋天的气息，狂热的火焰立刻照亮脚下每一寸土地。

我将视线从火炬树上慢慢收回，转向半空中两株枝干温柔触碰在一起的梨树。它们是从一个根系上生出的分支，在此后漫长的时光里，它们也一定这样依偎在大地上，树根缠绕着树根，枝干环拥着枝干，树叶亲吻着树叶。风穿过茂密的树林，发出天籁般细微的声响。

一棵梨树与另一棵梨树在舞蹈，我注视着风中雀跃的枝叶，忽然这样想。

这是爱情的舞蹈，在辽阔的大地之上，在拥挤的丛林之中，它们忘记了尘世的一切，指尖触碰着指尖，身体缠绕着身体，唇舌啮咬着唇舌。风从肌肤上滑过，一只鸟儿惊起，尖叫着冲上云霄。

这是性爱的舞蹈。树木，花朵，昆虫，鸟兽，皆在这一浪高过一浪的潮水中，静寂无声。

## 五

大风中带女儿阿尔姗娜去看"森林"。

这是我偶然间发现的一片居于市区的清静之地，属于林业和草原局的树木繁育中心，但对外免费开放，林区面积很大，我推测南北慢慢逛完，大约需要两个小时。而且树木粗壮遒劲，遍地都是漂亮的松果、蒲公英、野草，还有喜鹊、斑鸠、麻雀等各类鸟儿。因为已经形成了良好的生态林，树木可以独立生长，无需浇灌，于是多年前修好的水泥沟渠就已废弃，成为老旧但却别致的风景，穿行其中，有回到儿时山野的恍惚。

阿尔姗娜犹如一只返回山林的鸟儿，在人烟稀少的树林里快乐地飞奔。她时而将三棵环拥在一起的大树，尖叫着指给我看。时而又捡起一枚掩盖在层层松针下的鸟雀羽毛，欣喜地玩耍。时而四处捡拾杨絮，并细心地摘去上面的杂草，藏进自己的口袋。时而又采下一朵蒲公英，呼一口气将它们全部吹走。时而又叫喊着让我看头顶飞过的蝴蝶，大风中起舞的树木，天空上奔跑的云朵。甚至一只蚂蚁，一片蜘蛛网，一朵米粒大小的苔花，一根枯死的树干，一截被风刮断的树枝，都让她惊呼，并发出由衷的赞叹！

这片林场，不知是没有太多宣传的缘故，还是城市里的人们已经忘记了返璞归真的自然的美好，再或大家更喜欢有各种开发项目的公园，沿途只看到七八个人在林中散步。不过这反而让我欢喜，仿佛这片森林独属于我和阿尔姗娜。我想仔细地看清每一株树木，记住树干上深沉的眼睛，记住枯死的树干上生机勃勃的木耳，那是大树的耳朵，它代替死去的树木，重新倾听世间美妙的声响。所有树木栖息在这里，自成无人打扰的王国。而我们人类，不过是恰好路过它们。

我们只带走了遗落在地上的松果、杨絮、羽毛和松针。阿尔姗娜试图采一片树叶，我阻止了她：这样我们下次再来，还能看到它生长在这里……

## 六

打伞在南方的雨中行走，竟有秋天的凉意，沁入肌肤。人家阳台上晾晒的衣服，也是潮湿的，似乎每一丝棉花里都蓄着水。花草被雨水打落在地，在昏黄的路灯下，发出一声声沉郁的钝响，好像大地发出的轻微的叹息。

这夏日的清凉让人觉得奢侈，人走在雨里，忍不住把脚步放轻，有些怕踩疼了树叶和雨水。青苔不知何时爬满了年月长久的廊柱，于是满眼都是葱茏的绿意。

马路上的喧哗，被重重的树木和雨声过滤后，听起来更远了一些。檐下的雨声反而清晰起来，一滴一滴，落进泥土里，又溅开来，濡湿了墙壁。

被雨水清洗过后的植物们，都长疯了。银杏果挂满了枝头，沉甸甸的，枝干斜斜地压下来，几乎贴着地面。知了隐匿在繁茂的枝叶里，永不厌倦地歌唱。没有风，人沉在闷热的空气中，想爬出岸来透一口气，却发现岸上也无处可以逃匿。热，热，还是热。

雨停后，太阳很快覆盖了整个城市。打伞出门，听见阳光重重砸在上面，人的影子缩成小小的一团，在脚下沉默无声地快速向前。只有走到林荫小路上，人才会长舒口气，终于躲过了这一场烈日的高温煎烤。但树丛里的蚊子，可不会放过人的光临，迫不及待地扑上去，对着肥美的大腿，吧唧就是一口。于是大大小小的红包遍布腿上，仿佛热烈的吻痕。人一边骂着，一边叹气，跺几下脚，就快速穿过草丛，重新回到暴雨一样冲泻而下的烈日曝晒中。

当夜色笼罩下来，人们才从空调房里出洞，摇着蒲扇，站在大道上，在琐碎的人声里，等待着凉风吹来，仿佛等待远方归来的恋人。可是风却始终没有来。只有空调，蜗牛一样挂在墙上，卖力地嗡嗡转着，驱赶着南方酷暑里，大地上蒸腾的热气，昼夜不停，无休无止。

## 七

秋高气爽，说的就是此时的成都。空气湿漉漉的，夹杂着甜蜜的花朵的芳香，脸上的毛孔好像饥渴的小鱼，被清凉的风一吹，全都欣欣然张开了嘴，咕咚咕咚汲取着甘露般的水汽。

沿街走上一圈，见许多店主都在门口支了一张方桌，边在秋风里吃着早餐，边享受着这让人神清气爽的好天气。店铺是否挣钱，似乎并不重要，饭后，老板们大多慵懒地歪躺在竹椅上，抽着烟，漫不经心地看着来往的行人。马路上秩序井然，骑共享单车的人，丝毫不用担心被汽车撞到，大街小巷，弯弯绕绕，曲曲折折，看似芜杂，却都在既定的轨道上运行。

早餐在住处附近的小巷子里，找到一家不起眼的小店，点了骨汤抄手和云南过桥米线，竟然好吃到让我立刻爱上了成都。小店质朴干净，正对巷子的走廊上，还放了三张小桌，我靠边坐了，边吃边看对面顺丰快递店的两个小伙子忙碌。一群穿了粉色制服、大约在足疗店工作的年轻姑娘，吃完汤面，嘻嘻哈哈说笑着走出来。忽然间在这样烟火气的小店里碰到她们，有些惊奇，继而心里浮过一丝温柔，似乎她们是弄堂里每日出入的邻家女孩，素朴洁净，又喜欢热闹，追逐时尚，在一日三餐上，却始终保持着父辈的家常口味。

我听着她们的说笑声渐渐远了，才收回视线。瘦削的老板娘附送了一碗汤，还有一碟泡菜。我因了这一碟可口的泡菜，爱上秋风拂面的成都的清晨。

饭后去春熙路走走，熙熙攘攘，到处是人。文殊坊则是清净天地，一切都在缓缓流淌，不疾不徐。高大的银杏树在秋日的阳光下，漏下万千银光。布谷鸟不知隐匿在哪棵树上，寂寥地叫着。有香客跪在地上，虔诚地祈祷。大殿里每日都有香火缭绕，人站在那里，便有些恍惚，似乎从尘世脱离，放下一切，遁入永恒的虚空。

从文殊院出来，无意中拐入对面一个废弃的小区。因为荒废已久，爬山虎和高大的树木已经取代房主，成为这里新的主人。强劲的藤蔓甚至钻进被砸开的空洞洞的窗户，占领了荒凉的客厅。高大的橘子树、桑树、银杏、杨树，也一起被人遗忘，于是它们越过残垣断壁，在幽静的天地里，快活地向高处疯长。我采了一枚青橘，剥开，看到温润的月亮一样的果肉，掰下一瓣放入口中，立刻被酸涩击中，忍不住张开嘴，将橘子吐了出来。想来再过一阵，它们就可以吃了。只是，它们早已被人忘记，除了鸟雀前来啄食，它们终将腐烂，坠入泥土，化为尘埃，犹如这一片废墟上曾经过往的生活。

只有一两户人家，依然住在这一片荒宅中。其中一户，还在楼前的空地上开辟了菜园，白菜、茄子和青椒正生机勃勃地在阳光下生长。一位五十多岁的主妇蹲在楼前，戴着塑料手套慢慢剥着银杏果。一辆崭新的共享单车，停放在单元门口，它朝气蓬勃的容貌，让凶宅一样破败的小区，现出一点点生机。

我看了一会这即将消失的温馨日常，便默默地起身离去。

# 八

  一场大风,将昨日的雾霾全部吹走。天空蓝得让人眩晕,抬头看一眼,有坠入深潭的错觉。那蓝深邃寂静,又动荡不安,仿佛蕴蓄着强大的力。大风卷起枝头斑斓的树叶,沿着北疆开阔荒凉的大道,浩浩荡荡地向前。树木消瘦,飞虫隐匿,河流沉寂。行人瑟缩着身体,迅速消失在街角,只留下空旷的马路,被落叶一遍遍冷飕飕地轧过。

  我在教室的窗台上,发现三只七星瓢虫。其中的两只,仰望着苍白的天花板,尚未来得及找到越冬的家园,就枯死在冰冷的玻璃窗下。另外的一只,正惊慌失措地逃跑。到处都是黑黢黢的瓷砖,泛着冷漠的光,仿佛一条通往死亡的无情的道路。我知道它必将消失,在没有食物的教室里,没有人会关心一只七星瓢虫的命运。它试图爬上窗棂,却很倒霉地翻倒在地,四仰八叉地慌张晃动着手脚,却最终没有成功翻身。它几乎绝望,慢慢停止了努力,似乎已预感到死亡正悄悄逼近,它将像它的同伴那样,以仰躺的姿势,在窗台上腐烂。大风将窗户骤然吹开,风呼呼地灌进来,好像决堤的海岸。那只等待死亡裁决的瓢虫,眼看着就要被风吹落到地板上,而后一双年轻的脚经过,将它的一生随意地终结。

  忽然有些难过。即便死亡,一只瓢虫也应该回归自然,化为泥土或尘埃的一部分。我想。

于是，我挡住被风吹得砰砰作响的窗户，捏起这只小小的飞虫，将它放到窗外的水泥台上。很快，它震动着翼翅，在冷风里跌跌撞撞地消失了。

## 九

黄昏，路过大青山脚下，看到三五只喜鹊在山坡上寻觅草籽。它们小小的脑袋在枯黄的秋草间不停地跃动，像在弹奏一首寂静的曲子，大地随之发出细微的颤动。风吹过来，草尖上洒落的夕阳，绛红的野果，飘落的树叶，松树的影子，也跟着跳跃起来。万物都在大地的怀抱中，静享这秋日最后的温柔。

一个老人骑三轮载着孙子过来爬山。他有些耳背，看见我打招呼，一脸歉疚地指指自己的耳朵。于是我们彼此笑着点点头，像一缕风与另一缕风相遇，什么也没说，却什么都明白。他们已经走出去很远了，我还听到小男孩在大声地对老人说着什么。那声音像偶尔在山间响起的鸟鸣，掠过树梢，随后又消失在绚烂的晚霞中。

一切都被最后的光照亮。松针仿佛在天堂里，每一根都被涂抹成明亮的金色。白杨树干上长满了眼睛，夕阳穿过重重树木，落入这些上帝般洞穿尘世的眼睛里。每一株白杨的魂魄，都在即将消失的光里,屏气凝神,不安地震颤。

地上除了厚厚的松针、遍洒的松果、鸟粪,更多的是踩上去窸窣有声的落叶。红的黄的绿的落叶,在蓝天下犹如烈烈彩旗,绚烂多姿。一只俊美的喜鹊,踏着松软的落叶跳跃着向前。阳光透过清癯的枝干洒落下来,喜鹊额头一小片白色的羽毛,宛若耀眼的宝石,在秋天微凉的风里光芒闪烁;人无意中瞥见,会在它啁啾的歌声里,有闯入童话城堡的恍惚。

夏天时枯死的树木,被就地砍下做成木凳,横卧在潮湿的地上,而埋在泥土里的那一截,依然眷恋着大地。人走累了,坐在树干上,眯眼晒一会太阳,会觉得一切世俗的烦恼,都像闹市的车马喧哗,被丛林层层过滤,而后消失不见。空气中只有人的呼吸,在轻微地颤抖。黑松、白桦和杨树的香气,从脱落的树皮上缓缓溢出,又溪水一样浸润了一整片丛林。

此时的大青山,萧瑟寂寥,又明亮寂静。世界变得开阔疏朗,仿佛群山后退了几千米,树木消失不见,大地一览无余,只有茅草在深蓝的天空下自由地飘摇。因了它们轻逸的身姿,面前的荒山也平添了几分灵动雀跃。大地上没有任何的阻碍,秋风将一切都扫荡干净,以至于人一声轻微的咳嗽,都能听到回音自对面的山上传来。鸟儿轻灵的叫声穿透山野,抵达人的耳畔。阳光是透明的,带着某种干枯植物的香味。光线洒落在轻而薄的草茎上,可以看到纤维一节一节地向上延伸。

厚厚的落叶让草的身影都快看不到了，人走在上面，只听见窸窸窣窣的声响。这声响让世界变得愈发地安静，以至于我似乎可以听到一只正打算冬眠的虫子，被我的脚步声打扰，嘟囔一句什么，翻了下身，又继续沉沉睡去。

夕阳已经隐没，一切都笼罩在暮色中。一弯婴儿睫毛一样柔软轻盈的月亮，正慢慢在天边升起。我从未见过这样梦幻般的月亮，仿佛它只出现在今夜，仿佛它是全新的一轮月亮，仿佛它没有来处，也不知去向。它就这样在清冷的夜空上飘荡，一切喧哗遇到这圣洁的月光，都瞬间噤声。

就在回程时的一个十字路口，我看到无数的白杨落叶，正紧追着飞驰而过的车轮，仿佛它们在追赶即将离去的秋天，仿佛它们正在璀璨盛大的舞台上，永无休止地起舞。它们就这样在人类习以为常的一个十字路口，浩浩荡荡、无休无止地共同演奏出一场壮阔的秋天交响曲。

## 十

天空飘着细碎的雪花，大地白茫茫一片，阳光静静地洒在苍茫的雪原上。这是一年中的最后一天。

因为牛羊，马或者骆驼，人们依然在自家的庭院里进进出出地忙碌。赶马车的人，从几公里外将干草拉回家去。高耸的草快要将他淹没了,但他依然慢慢地行走在雪地里,并不会因为零下二三十度的寒冷,便用鞭子抽打马匹,让它更快一些。我站在没到小腿的雪地里,目送穿着羊皮厚袄和及膝长靴的男人,赶着马车,缓缓地经过长长的栅栏,转过某个人家的红墙,而后消失不见。

如此天寒地冻的雪原上,却从不缺少肥胖的喜鹊。它们有时落在某个低头专心吃草的奶牛身上,一动不动地蹲踞在那里。奶牛们从不抖动身体,驱赶喜鹊。它们习惯了夏天与蝴蝶共生,冬天与喜鹊相伴。因为它们都是这辽阔自然中的一部分,又似乎,它们生来就是相依相偎的爱人。

这一天的年夜饭,小镇上的人们,通常是放到中午吃的。饭后无事,看看窗外雪飘得小了一些,阳光依然安静无声地落满高原。没有刺骨的寒风,是一个好天气。阿妈便说,走,我们出去逛逛。

这听起来像是逛街。但事实上,雪原上没有什么街可逛。一切道路都被大雪覆盖。夏天里偶尔会出现的小商小贩,早已不见了踪影。知道家家户户的冷库里,已经储存了足够一整个冬天的食物,商店也因此闭门谢客。除了远远的公路上,偶尔会看到汽车穿梭而过,坐落在草原上的整个小镇,似乎在漫长无边的睡眠之中。

但在阿妈的眼中,这将整个小镇琥珀一样包裹住的天地,却处处都是让人欣喜的风景。春天距离这片大地,似乎还遥遥无期。但每年长达半年之久的冬天,并未让这里的生命停滞。一切犹如四季如春的南方,沿着千万年前就已形成的既定轨道,有序向前。

我们经过一片马场,看到成群的马,正俯身从厚厚的积雪里,寻找着夏天遗忘掉的草茎。它们在金子般耀眼的雪地上,投下安静从容的身影。一匹枣红色的母马从雪地里抬起头来,轻轻地蹭着身旁孩子的脖颈,并发出温柔的嘶鸣。它的毛发浓密茂盛,体型矫健俊美,并因这份由内而外的母爱,在晶莹下落的雪花中,散发出圣洁的光泽。当我们走远,无意中回头,看到它已消融在马群之中。犹如一滴水,融入汪洋大海。雪原在那一刻,洁净美好,犹如降临人间的婴儿。

路过铁轨,看到一只野兔嗖一声从我们面前穿过,随即又消失在苍茫的雪原上,只有凌乱的脚印,昭示着曾有灵动的生命,途经此处。阿妈说,有时候,在万籁俱寂的夜晚,还会听到狼叫。但狼并不像人类想象中的那样可怕,牧民们习惯了它们的身影,和苍凉的嚎叫。倒是圈里的羊,会下意识地打一阵哆嗦,相互靠得更紧一些。偶尔,也会有火红的狐狸,在杳无人烟的雪地上经过,并大胆地停住,朝着炊烟袅袅的小镇凝视片刻,大约知道人间的温暖,和这需要鞭炮庆祝的节日,与己无关,便回转身,朝着雪原的深处奔去。

一路跟随我们行走的牧羊犬郎塔，因为呼哧呼哧地喘气，脸上已经结了薄薄的冰。在辽阔雪原上行走的人，因为一只狗的陪伴，心里便多了一份温暖。事实上，我和阿妈每每遇到一点来自自然的生命的印记，都会惊喜地互相提醒。比如一个空了的鸟巢，一株尚未涌动绿意的大树，厚厚冰层下汩汩流动的河水，孤独饮水的奶牛，驮着主人缓慢行走的骆驼，一两只结伴而行的羊羔，还有冒出积雪的草茎，枯萎但尚未飘落到大地上的花朵，人家篱笆上缠绕的细细的藤蔓。

这是大雪冰封中，距离春天最近的生命。一切都如冰层下的水，看似沉寂无声，却散发着生命古老又诗意的生机。

# 烈日之下

一

一出飞机舱门，九月的烈日，就重重砸了下来。

响晴的天空下，大片大片的云朵，在氤氲的热气中翻卷，颤抖，燃烧。机场朱红的屋顶，尖尖的房檐，双手合十为旅客导航的安保人员，随处可见的高大棕榈树，以及机场门口等着旅客的黝黑清瘦的司机们，让我终于确信，我们已经顺利抵达柬埔寨第二大城市——暹粒。

如果不是翻译阿丽的介绍，我肯定不会相信，坐在司机旁边一脸温厚、趿着拖鞋的男人，就是十七岁时因才华出众被国王接见过的著名诗人、柬埔寨作家协会主席波伦·巴尼。波伦刚刚三十九岁，原本应该意气风发、血气方刚的样子，但人前的他，却像一株大地上质朴的野草，或一路随时可以看到的水牛。那牛的色泽，也是暗灰的，骨头与骨头间的肉，似乎被阳光蒸发掉了，于是牛便顶着一张皮，在水田里慢慢地吃草，或在路边卧着，顺遂地接受着烈日的炙烤。

除非我们主动问询，波伦几乎很少主动说话。这与中国嘘寒问暖的待客方式，形成鲜明对比。但他的沉默并非冷淡或者疏离，而是羞涩与良善。所以虽然不善言辞，但他始终用微笑向我们传递着来自内心深处的真诚与友善。

车所行驶的道路两旁，都是别墅一样的酒店。因为吴哥窟，暹粒成了世界知名的旅游城市。但有些颠簸的六号公路，公路上不断驶过的摩托和三轮，路边推着小车兜售水果和鲜花的小商小贩，更远处陈旧黯淡的民居，和时不时从巷子里趿拉着拖鞋踱步走出的男人女人，让同行的阎先生脱口而出：波伦，你们这个小镇有多少人口？

大家哄堂大笑，纷纷纠正他说：人家这是省会城市，不是小镇，而且还是柬埔寨第二大繁华城市呢。

阿丽当然没有将我们的对话翻译给波伦。她长得不美，衣着也很素朴，没有读过大学，在免费教会学校里学会了中文，但却有着很好的修养，说话轻言慢语，不急不躁，似乎怕语气稍稍抬高，就惊扰到远道而来的我们。大家因此喜欢她，一路喋喋不休地拿一个又一个问题追问，让她连喘口气的机会也没有。而少言寡语的波伦，则在我们的"忽略"中，安静注视着窗外，似乎，他也是初次抵达这片土地的旅客。

暹粒是一个慢节奏的城市，即便是驾驶摩托车的年轻人，也鲜少会像国内马路上的飙车党那样，以奔死亡而去的速度呼啸而过。摩托车上常常是年轻的情侣，夫妻，或者一家三口。孩子乖巧地坐在父亲的胸前，妻子则在车后亲密地搂着爱人的腰。我很少会在他们的脸上，瞥见焦虑或者戾气。一张张被太阳晒得黑红的脸上，是吴哥式的微笑，是坦然接受人间悲喜的从容与平静。马路上也少有焦躁的鸣笛声。堵车的时候，摩托、三轮与丰田并排停在路上，像暂时搁浅的舟楫。即便热浪在半空中蒸腾，头发都散发出焦糊的味道，马路上的行人，依然以永恒的节奏，缓慢向前。

此刻，我看到回头的波伦，他的脸上，有静寂的光在闪烁流动。他拿起一瓶纯净水，朝我们微笑示意。我这才注意到，每个人的位置上，都细心地放了一瓶纯净水，那水竟然还是冰冻过的。那沁人心脾的凉，让我想起片刻前，马路上一个男孩，坐在同伴的摩托车上，高举着一大袋冰块，放在额头降温。柬埔寨的四季，界限模糊，天地间永远都是苍翠的绿，只有湿度高达百分之九十的雨季，和干爽清凉的旱季，会提醒着人们季节悄然的转变。这种并不鲜明的变化，像柬埔寨人脸上的表情，喜怒哀乐，在高温下交融，最终清泉一样，汩汩流出。

我因天气而大致读懂了波伦的沉默，包括阿丽脸上浮动的微笑，那微笑是柔和的星光，人心浸润其中，可以驱赶酷暑，遮蔽风雨。顺应自然，不做无谓的躁动和对抗，大约是柬埔寨的河流、树木、牛羊，和天地间赤脚僧般行走的人们，给我最初的印象。行人犹如缓慢沉郁的河流，徐徐向前流淌。路上少见肥胖臃肿者，热带高温将人与动物，都削成清瘦的模样，即便是随处可见的树木，也带着仙人般的轻灵与飘逸。似乎，高温将世间所有生命体内淤积的累赘，全都彻底地蒸发，剔除。

在十字路口，看到一辆破旧的面包车里，鼓鼓囊囊地拥挤着一家老小，和他们装在大大的蓝条纹编织袋里的行李。前排靠窗的位置，探出一个大约十四五岁的男孩，他正以婴儿般的好奇，注视着周围的一切。似乎，这是一个他透过水晶球看到的梦幻世界。一切都是轻盈的，漂浮的，与他无关，却又让他深深地着迷。而后座面容沧桑犹如朽木的老人，则手持佛珠，闭眼默念着什么，窗外的市井喧哗，于她没有丝毫的影响，她只沉浸在自己的世界，心无旁骛。

穿过一段坑坑洼洼的小路之后，我们便抵达了落脚的新河畔酒店。一进门，就看到墙上贴了柬埔寨老国王西哈努克与王后莫尼列的大幅照片。服务生双手合十，微微笑着，用英语或者汉语跟顾客轻声交流。满院都是清幽绽放的花朵，香气丝丝缕缕，沿着通幽的小径，在湿漉漉的草木丛中缭绕。石雕的佛像在莲花中静坐不语。一只乳白色的青蛙，忽然间跃出水面，而后在一片聚满水珠的荷叶上，摇摇晃晃地蹲伏下来。蛙鸣声中，间或听到雷声，自远处隐隐传来，随后是一两道闪电，倏然划过天空。

一场大雨，就要来了。

## 二

晚饭是在酒店的庭院里吃的。服务生点了蜡烛，有蚊虫嘤嘤地绕着烛火飞舞，并用透明的翼翅，撩拨着火焰，眼看着就要被烧着了，却又轻巧地逃了开去。

到处都是闷热潮湿的气息。雨隐匿在天边，悄无声息地鼓荡着夜晚巨大的帷幕，试图掀起一场风暴，将整个世界密不透风地裹挟其中。餐桌一角，一台老式的落地扇，晃动着硕大的脑袋，徐徐送来温热的风。这让行走在小花园时，体内挥之不去的湿热，慢慢地消散，下沉，而后打一个旋涡，隐入池边的一朵睡莲。

波伦是第一个坐在餐桌旁的。他将白色的餐巾细心地铺在胸前的桌子上，抚平细小的褶皱，又在其上一一摆好刀叉和餐盘。因为语言不通，翻译阿丽又要回家照顾孩子，不能留下来陪我们吃饭，波伦便只能绅士般地坐在那里，微笑注视着我们，并用手势向我们礼貌示意。小憩过后，大家有了精神谈笑风生，席间便格外热闹。甚至因波伦听不懂汉语，我们还将他视作隐形人，点评着今天在暹粒的所见所闻，诸如天气交通建筑服务等等，并与中国作着对比。但我总觉得有些不安，似乎这顿晚宴，不与彬彬有礼的主人波伦说些什么，便失了做人的礼节。而在无意中瞥见他的苹果手机里的文字，全是英文之后，我忽然意识到，或许可以用英语跟他说些什么。

于是我试探着用英语开口问他：可以用英语跟您交流吗？

可以的。他用浓重的柬埔寨口音的英语回答。

尽管波伦的柬式英语听起来实在费劲，好像他嘴里有一个满是棱角的轮子，每跑出一个单词，就被车轮格楞楞地碾压一遍，但我们依然兴奋于发现了一种沟通的方式。

女人总是擅长从家长里短切入。于是我们很快得知，波伦有三个儿子，分别是十岁、七岁和三岁。他还从手机里找到照片，给我们看三个古灵精怪的小家伙。但大家纷纷将视线投向他温柔环拥着的爱人，一个漂亮的棕色皮肤的小巧女人，留着齐肩的乌黑短发，眼睛安静地注视着前方，似乎这个世界上，所有的幸福，都集中在那里，又似乎，她身边的四个男人，就是她想要的幸福本身。尽管波伦的妻子没有工作，只是一位家庭主妇，但从她优雅的气质却可以看出，她应该是受过教育的知识女性。而波伦更是一位知识分子，他在读完大学本科后，又继续攻读经济学硕士，毕业后在政府部门就职。因为很早就显露出的诗歌才华，他去过法国、瑞士等许多欧洲国家，进行写作交流，并在尚未四十岁的时候，成为柬埔寨作家协会主席。虽然柬埔寨作家协会与许多国家的作家协会一样，不属于政府职能部门，没有政府拨款，依靠社会捐助维持运营，波伦也因此不拿任何薪水报酬，但他依然尽职尽责地做着，并谦逊到让初次相见的我们，以为他是一个服务人员。

雨自遥远的天边一路奔涌，穿越丘陵、高山，掠过盆地、平原，行过湄公河、金边湖，席卷着热浪，蒸腾着暑气，呼啸向前。但我们坐在精巧的庭院一角，只隐隐地听到它轰轰隆隆的气势，却始终未能窥到它浩荡的全貌。

于是晚饭结束的时候，波伦说时间尚早，不如去附近一个夜市看看。一群人陆续地走出庭院，站在门口灰扑扑的马路边上，注视着对面简陋的大排档，那里正有人拿着麦克风，吼叫着一首中国老旧的流行歌曲。显然，这一带的旅馆，住的大多是中国游客，所以就连这样一个粗糙的路边大排档，招牌上都同时用柬埔寨语、汉语和英语标注了名字。

夜色中行人稀少。穿街而过的摩托和三轮，撞击着夜幕的鬼哭狼嚎的歌声，横七竖八摆放着的桌椅板凳，昏暗路灯下锈迹斑斑的广告牌，这些寂寞的日常，总让人有时光穿梭的错觉，好像从繁华之都，忽然抵达某个偏僻的小镇。这小镇还是在未曾被人类文明浸润过的荒原上，胡乱开辟出的。至于暹粒赫赫有名的世界第七大奇迹吴哥窟居于何处，永恒的高棉微笑隐匿在哪儿，历史在这片大地上又浮动着怎样厚重的气息，我却看不清晰。只有静寂黑夜中暗涌的喧哗，与灯火般闪烁不定的生活片段，梦幻般在我们面前飘荡。

波伦像一棵棕榈树，默默站在路边，等待犹豫不决的一群人，给出确切的回复。他甚至还询问酒店的服务生，是否有免费的三轮可以载我们前往夜市，但最终只余一辆可以出借。一群人立刻长舒口气，抓住这个台阶，互相嚷嚷着：算啦算啦，还是回去休息吧。

波伦听不懂汉语，却从我们的表情里，敏感地知晓了答案。于是他默默地转身，沿着芭蕉树叶的阴影，朝酒店走去。路边黑黢黢的长椅上，不知何时坐了一个面色黧黑的侏儒，一声不响地仰头注视着我们。他的双脚，不停地摇来晃去，于是水泥地上，便映出两个并肩而立的幽灵般，诡异地飘来荡去。

一群人至酒店门口的时候，波伦忽然转身，朝自己的车走去。他很快从后备厢里取出一摞书来，又追上我们，谦卑说道：送给你们。这是波伦最新出版的诗集，书名为《钉子》。封面设计简洁质朴，一块废弃的木板上，到处是横七竖八的钉子，它们用扭曲的身体，向世人昭示着此前历经的风雨，和被遗弃路边的悲伤。《钉子》是其中一首诗的名字，曾在二〇一六年荣获东南亚文学奖。诗集很薄，只有一百零二页，除了柬埔寨语，收录的十七首诗还分别附了英文翻译，这让我只是翻了片刻，便很快把握了波伦诗歌的特质，它们无一不充满了批判与反思，嘲讽与悲悯，是像钉子一样，一首一首结实地钉在柬埔寨大地上的。

拿到诗集的其他一些人，因为看不懂，客气地随手翻翻，道声谢谢，便夹着薄薄的书，穿过潮湿的花园小径，和聒噪不停的蛙鸣，慢慢走回各自的房间。

雷声更大了一些，似乎要将整个天地裹挟其中。透过窗户，看到遥远的天边，闪电正一次次劈开厚厚的乌云，落在无边的旷野上。那里，正有无数的草木，向着夜空高举起手臂。

在空调的冷气中，我打开波伦的诗集。自序中，波伦讲述了诗集命名为《钉子》的原因。十二岁那年，因为搬迁，家人推倒了破旧的房子。随后，父亲让他将木板上的钉子，一一仔细地拔下来。波伦好奇地问父亲，何必那么费力呢，一把火烧了木板，或用斧子劈了，就可以得到钉子了。父亲耐心地告诉他：这样做，一则可以再次利用钉子，二则能让木匠回收废弃的木板，三则防止路人踩到钉子受伤。二〇〇七年的某一天，波伦在金边见到一个丢失了右腿、穿着军装的乞丐，朝他爬过来，并对他恳请说：先生，给我一些钱买点吃的吧，如果不是因为战争，我不会变成现在这个样子……波伦忽然想起年少时，哥哥踩到一枚钉子，疼痛中他咒骂钉子，父亲却告诉他，你责怪的不应该是钉子，而是钉子的主人。也就在那一刻，他明白了乞丐与战争的关系，及在柬埔寨以及整个世界上，依然存在的许多问题的根源。

波伦从细微的生活出发，反思所处的社会现实。他写秘书手中的笔，写开豪车的主人，写老旧的汽车，写一间公厕的呐喊，写中国电视剧中的"人以类聚"，写作家的生存困境，写人性中的嫉妒，写一场政治家的演讲，写人在历史洪流中的位置，写人类对森林的破坏，甚至写一个屁引发的穷人与富人的不同反应。他的眼睛犹如上帝，始终俯视着人间疾苦，并将钉子般的诗句，砸进充满了贫富差距和不公的社会，但又同时给予他所热爱的这片土地，以无限的悲悯。

窗外，大雨终于冲破苍穹，倾泻而下。想起波伦在诗集中说，所有的诗人，都应跳出某个区域，将更广阔的视野，投向问题横生的人类社会。我在千万滴雨落在旷野中发出的巨大的声响中，开始懂得沉默寡言的波伦。

## 三

前往女王宫的路上，是大片大片的农田，和星罗棋布的小小的村庄。居民的住房多是传统的竹木结构的高脚式房屋。下层悬空，离地两米，用来盛放农具、牲畜和车辆。夏天的时候，还可以在阴凉里吃饭，或者挂个悠闲的吊床小憩。一路上见到吊床里躺着的，多是男人。在柬埔寨，外出打工的女人比男人多，即便在乡村，随处可见的，也大多都是女人在弯腰劳作。阿丽说，女人在柬埔寨的地位，并不比男人低。在他们国家，甚至还有一个女儿岛，岛上生活的都是寡妇或被男人抛弃后无家可归的女人，她们带着孩子自给自足，互助互爱，生活简单却又幸福，好像《西游记》中的女儿国。而在古代，柬埔寨男人若想娶一个女人，就要先去她家当三年的帮工。同行的人于是纷纷逗阿丽，她的爱人结婚前有没有去当佣工？阿丽黝黑的脸上浮起一抹羞涩，柔声道：我们是在学习汉语的时候，自由恋爱的。

半个小时的车程中，波伦一直注视着窗外被一夜风雨扫荡过的大地，不发一言。他似乎从未有过因自己是主人，就要事无巨细地照料，或热情洋溢地寒暄的想法。行走过多个欧美国家的他，更奉行"主随客便"的原则。他的自我隐匿，很容易便让一群人进入"忘他"境界，热烈地跟阿丽或同行者，讨论着看到的每一株树，每一朵花，每一只鸟，每一片田地。于是颠簸向前的面包车里，便始终被轻松愉悦的气息缭绕着。甚至看到沿路电线杆上，柬埔寨政府即将开启大选的广告牌，大家都觉得新奇，会热烈地讨论上一阵。

一场大雨，并未让暑气消退。远处的稻田里，热气正穿越千万滴水，不停地向着天空升腾。没有风，无法出逃的热气，便化作千万年前的琥珀,永恒般地定格在天地之间。热带的高温下,柬埔寨人犹如大地上的蚂蚁,勤勉认真地活着。他们的脸上,依然是寺庙中朝拜时的神情,平和,淡然,安定。女孩子们骑着自行车,慢慢行驶在乡间的小路上。年轻的妻子坐在摩托车的后座上,搂着丈夫的腰,安静注视着飞快滑过的田地。路边瘦小的老妇人,以永无休止的耐心,用木槌捣着石臼里的粮食。一只百灵在草丛里蹲踞了许久,都没有起飞。

在红色的女王宫里,我看到一只小小的蜥蜴,犹如风干后的水泥,一动不动地附着在千年的砂岩壁上,与艳丽精美的浮雕融为一体,这永恒的死亡姿态,骗过了所有人。就在我们猜测这只蜥蜴大约与圣庙一样历史悠久时,它突然开玩笑般地,朝着墙壁黑暗的缝隙爬去,并很快消失在其中,丝毫不理会人群发出的惊叹。

塔布隆寺里的"蛇树",以主宰天地般的豪迈气势,与整个寺庙完美交融。千百年来,绞杀榕和木棉树的种子,经由无数途经的飞鸟,落进寺庙的缝隙。而后,它们以让世人震惊的强悍生命力,从石缝中逃出,并向着佛所掌控的天空顽强伸展。直至最后,这片废墟被茂密的丛林掩盖,逃过了战争,逃过了天灾,逃过了世间的纷扰,成为后世赞叹的奇迹。

很难说清谁才是塔布隆寺的主人。在鼎盛时期,塔布隆寺覆盖了三千一百四十个村庄,维持运转需要七万九千三百六十五个人力，寺内藏有四万零六百二十颗珍珠和四千五百四十颗宝石。可是，当千年过去，曾经闪闪发光的全部成为废墟，那些盘根错节、侵占了寺庙并与它们融为一体的树木，却让试图将它们砍掉的发现者臣服。它们指向天空的枝干，是中空的，却又生生不息地存在下去。它们的根基是一双双巨大的手，又像震慑人类的巨蟒，以不可阻挡的气势，沿寺庙攀缘而上，最后，将寺庙缠绕在怀抱，包裹在掌心，踩踏在脚下，并代替了仅有百年之身的人类，成为这片土地的主人。

站在这片被丛林吞噬的残颓的寺庙前，人们无不震惊赞叹。只有佛以八风不动的微笑，注视着人间的风云变幻，也包容着人与自然之间这场漫长的博弈。

当我们流连于这些历史的遗迹，波伦则像一个尽职尽责的服务生，时而跑去租借硕大无朋的遮阳伞，时而为忘了物品的人跑回去取，时而静静等待被人群落下的同伴，时而为女士们购买清凉的椰子。他在烈日下不知疲倦地奔来走去，衣服被汗水全部浸湿，就连手臂上茂盛的汗毛也湿漉漉的，好像他刚刚蹚着河水走上岸来。

但柬埔寨的女人们，却戴着遮阳的斗笠，穿着长袖长裤，将自己裹得密不透风，似乎这样阳光就不会侵入肌肤。但我总怀疑这是做无用功，因为正午的阳光，强得让人睁不开眼睛，人走在石头上，感觉很快就会被晒成一张薄如蝉翼的蛇皮。昨日的大雨，在路面上未曾留下一丝的痕迹，好像我所听到的雨声，只是一场稀薄的梦境。

我注视着烈日下燃烧的地面，闷头飞快地走路。忽然有些想念酒店的回廊下，摇头晃脑旋转的老式风扇。

返程的路上，波伦安排大家同一个退休的参议员共进晚餐，他因此破天荒地打开了话匣，为我们讲了一段传奇故事。说的是这位请客的参议员老陈，年轻时路过一个市场，见人在杀一头母牛。那头牛不知为什么，看见他竟然流出眼泪。老陈心软，花二百美金将它买下，回来后才发现这是一头怀孕的母牛。母牛顺利生产后，又在此后为老陈家添了许多头小牛。老陈将小牛卖掉，置换了一些便宜的土地。后来，老陈因需用钱，想要卖地，但对方只肯出七到九个金条，老陈不卖，便一直将土地留着。不承想，二十年后，土地愈发地值钱，他出租给商人，商人在其上盖起了娱乐城和大型商铺。于是，老陈出于善心用二百美金买下的一头母牛，为他换来了今生都享用不完的租金收入。

车到得早，老陈还没有来，大家便在一个豪华娱乐城门口等着。马路上穿梭来往的摩托车渐渐稀疏，天边现出青烟一样让人惆怅的蓝。次第亮起的路灯，因夜色尚未完全抵达，便半眯着眼，慵懒地闪烁着。暑气慢慢向天际退去，有舒适的凉风，浸润人的肌肤。

娱乐城门口,开始有观众进进出出,其中多为从中国来的游客。据说里面有相当一部分演员,是来自泰国的人妖。娱乐城的老板是老陈的朋友,此块地皮正是租自于老陈。这老板已经开了三家娱乐城,因暹粒距泰国只有一百五十二公里,也即一个半小时车程,他还将公司开到了泰国。从不善言谈的波伦口中听到这些,有些新鲜,想到一会就要见到老陈,更是兴奋,好像无意中推开一扇通往柬埔寨秘密花园的窗户,那里,有与忧国忧民的波伦,完全不同的一群人。

很快,老陈与夫人便从一辆豪车里走了出来。尽管老陈是从广东逃难过来的第三代华人,但他黝黑的脸,厚厚的嘴唇,高高的颧骨,与本土柬埔寨人已无太大区别。而他生育了五个孩子的夫人,瘦瘦小小的,一看便知是世代居住在柬埔寨的。老陈很热情地与我们每个人握手寒暄,之后便带我们去旁边的海鲜饭店进餐。老陈做到参议员,他的四个儿子和一个女儿在大学毕业后,也都有不错的工作,其中一个儿子还在美国工作定居。可见他们这个家族在柬埔寨,是居于社会上层的。想必他谈吐优雅的夫人也是知识分子,看得出与老陈恩爱平等,偶尔老陈在回忆那头母牛往事出现细节失误的时候,她会温柔地插话进来,代他讲述,声音温和,沉静,又有一种历经时间沉淀后的柔软的力量。倒是老陈,性格颇豪迈爽朗,大笑的时候,感觉窗户都在轻微震动;为人处世也有华人的热情,不停劝我们吃菜，似乎我们吃不好，他就犯了招待不周的大错。

饭后推开门，见夜色早已化作浓郁的墨汁，弥漫浸染了整个大地。马路上空荡起来，晚风沿着旷野般的马路，朝着四面八方吹去。已经走出很远了，还看到老陈与他的夫人，站在昏黄的路灯下，遥遥注视着我们。

四

柬埔寨首都金边的早晨，是被一声声鸡叫打开的。

那时，我尚在梦的汪洋中沉浮。一半身体已经着陆，触到硬邦邦的床板。一半身体还沉溺在水中，湿漉漉的。我试图从湿热的黎明中清醒过来，将鸡叫听得更清晰一些，并确定这不是在中国乡下隔着绿色纱窗听到的墙头公鸡的鸣叫，这里是东南亚被热浪席卷的九月，是柬埔寨最繁华的首都——金边，而我，正躺在位于城市中心的陈旧旅馆里。旅馆的窗外，是喧哗的市场，小贩沿街的叫卖声，锅碗瓢盆的碰撞声，三轮车的喇叭声，摩托车的呼啸声，混合在一起，蛇一样沿着窗户锈迹斑斑的缝隙，潜进陈设简单的房间。

晨曦将窗帘边缘的影子，映在墙壁上。房间里的昏暗，被窗外的阳光慢慢稀释。有那么一个瞬间，我觉得光影中浮动的一切细微事物，像杜拉斯小说《情人》里，中国男人与法国女孩约会的情境。街市的喧哗,小贩的叫声,升腾的热浪,陌生的语言,与封闭简陋房间里流动的暗影,让这个东南亚国家的首都,在徐徐拉开的帷幕中,呈现出奇特的光泽。

旅馆居于一个小巷中,巷子两边到处都是堆积的垃圾,一个年轻的柬埔寨男人,站在二楼的脚手架上,一边朝墙上抹着水泥,一边瞪着大大的眼睛,好奇地注视着我们。似乎,我们是这里的不速之客。到处都是正在开发的楼盘,也随处可以看到中国的建筑公司。大多数店铺都有中文标识,去店里购物,丝毫不用担心语言问题。甚至连中国的沙县小吃,也入驻了金边,以至于有回到中国的错觉。金边的发展程度,大约相当于中国四五线城市,但房价自二〇一二年以来,却快速攀升,现在均价为一万五到两万一平方米。二〇一八年的房地产数据显示,金边跃居房价涨幅全球第一位,高达16.7%。

起床后,翻译陪我们去宾馆对面的香港旺角茶餐厅吃早餐。我用英文问服务生筷子在哪儿,结果服务生直接用流利的中文回复了我。而拿来的菜单上,也完全都是中文。在一个角落里,还堆着一摞繁体版的香港娱乐杂志,都是今年的,但却已被人翻得破旧,封面油腻腻的,好像之前一直放在烟熏火燎的厨房里。

在我们走进餐厅前,波伦正在一个靠窗的角落,满头大汗地吃着一盘炒米粉,光秃的头顶,在炽热的阳光下,闪烁着耀眼的光。我们还未进门,他就隔窗看到,并起身端起盘子,猫一样悄无声息跟着上了楼,落座后,向大家一一微笑致意,才继续低头将剩下的米粉吃完。

空调打开后,餐厅里的闷热,缓缓散去,人对食物的欲望,也慢慢打开。虽然对柬埔寨偏酸甜口味的食物充满好奇,但无奈长了一个中国胃,看到熟悉的中国菜,大家立刻有回到故乡一样的欣喜雀跃。阎先生的鸡蛋羹刚刚端上来,他就三口两口扒得见了底,然后抹抹嘴巴,抬着下巴好奇地将别人点的吃食扫视一圈,这才掏出笔来,一边记录今天的见闻,一边继续等着他的另外一份饭菜。

我们吃饭的时候,波伦在翻译的帮助下,下载了微信软件,把每个人都添加上,而后将家人的一些照片,发了过来。翻译刘爱芳是一个清澈通透的九〇后女孩,也是第三代华侨,祖籍广东潮汕,从小就跟着母亲学会了汉语。因她长得乖巧可爱,又彬彬有礼,很讨大家喜欢。于是,我们再一次像暹粒时那样,将波伦忘在了一旁,跟阿芳打成一团。阿芳在一家旅行社工作,公司规定不准私下接单,她因此特地请假过来。二十多岁的她,暂时还没有男朋友,所以每天下班后,就只宅在家里看看电视,做做家务。问她喜欢看什么电视剧,她笑着说,柬埔寨和中国的电视剧,她都很喜欢。

本以为柬埔寨影视行业会比较薄弱,不想饭后我们很快见到的柬埔寨作协副主席波尔皮西女士，就是一位柬埔寨知名的编剧，以至于她刚刚介绍完自己的名字，阿芳立刻一脸惊讶和崇拜，以粉丝见到偶像的忐忑语气，请求我给她和波尔皮西拍照留念。

我小时候看的好多经典电视剧，都是她写的呢！阿芳骄傲地向我们介绍。随即她用手机搜索到一段视频，是波尔皮西创作的一部曾在柬埔寨很火的古装电视剧的片段，大致讲的就是灰姑娘嫁给白马王子之后的曲折经历。第一次看柬埔寨电视剧，虽然不懂其中的语言，却因清新自然的画面，浓郁的异国风情，传统的服饰之美，以及剧中人物干净清透的眼神，而瞬间生出感动。忽然想起在吴哥窟，遇到兜售手串的小贩，跟国内景区一样，他们也会在游客经过时，拦住人招徕生意，但他们并不会惹人烦厌地喋喋不休地推销，看人拒绝，也就停下脚步，脸上是顺其自然的平静。柬埔寨的人均月工资，不过一两千元，但走在路上，并不会看到多少焦虑忧愁的脸，似乎，一切人生的烦恼，都被四面佛悲悯的微笑，悄无声息地融化了。

波尔皮西过去在一家宗教部门工作，后辞职专业写作。虽已年近五十，但其优雅的举止，轻柔的言语，和亲切的微笑，却会让人一眼就喜欢上她。她已写作三十多年，创作了二三十部影视剧，以及许多的小说和诗歌。波伦送给我们柬英双语对照的柬埔寨作家作品集里，收录了她的一个短篇小说，题目为

《我是谁》，讲述了一个女人痛失丈夫和孩子的不幸人生。同时还包括她的两首诗，分别为《理智和欲望》《舌头》，风格与波伦的诗歌基本一致，都是对人、人性及社会问题的反思和质问。从一九七〇年到一九九八年，柬埔寨经历了近三十年的内战。或许正因对于和平的渴望和珍惜，这里的人们，才会有着格外真纯美好的微笑，安于我们看到的贫穷，对于物质，没有过多的欲望。而作家们，也才会将战争过后的二十年中，涌现出的各种社会问题，用尖锐犀利的文字，一一戳破给普通民众。

因为手机上网的普及，纸质书的销售，在柬埔寨也遇到了许多困境，低头看手机成为人们的"共识"。就连一路陪伴我们的波伦，也总是不停地低头浏览他的苹果手机。在与柬埔寨作家协会主要成员见面时，思想图书出版社的主任基姆先生向我们介绍，首都金边共有大约十个大书店，三十个小书店。作家的一本书，首印数也就两三千册。倒是电影制作日渐繁盛，粗略估计，每年电影院上映的大约三十个电影里，其中有十五个为本国制作。

提及电影，波尔皮西立刻热情回应，说自己的好友建了一座影视城，并专门为她留了一处创作室，她邀请我们饭后跟她过去走走。虽然行程中没有这项内容，但看到波尔皮西如此盛情，大家也便欣然同意。

一出门，才发现外面不知何时飘起了细雨。铅灰色的云朵在天空上随风飘荡，好像有一支饱蘸着水的毛笔，忽然间探入墨池，那墨便立刻稀释开，于是有的地方浓郁，有的地方浅淡，七零八落地，犹如被小孩子随手撕开的棉絮。车一离开市区，视野中的金边，就变得辽阔起来，透过细密的雨看过去，又有些荒无人烟的寂寥。到处都是水田，让人想起飞机上看到的柬埔寨，像被汪洋淹没的岛屿，只在这里或者那里，有一小片干燥的高地，探头露出水面。每年的五到十月，是柬埔寨的雨季。阿芳说，从小她就习惯了雨季时家里院子被水淹掉，也并不觉得这是一件多么糟糕的事，不过就是全家一起动手，慢慢将雨水排出家门而已。至于水淹的农田，更不必焦虑，就向上天诚心祈祷好了，反正雨季肯定过去，年复一年，日复一日，祖祖辈辈，所有人都是这样生活下去的。

　　隔着一条窄窄的泥泞的沙土路，左边是乡村常见的木质高脚屋，右边则是涨满了水的稻田。偶尔会见到一两个男人，披着雨衣，蹲在田边凝视着水雾蒙蒙的远方，也有人不甘心地撑起小船，慢慢朝稻田中心处划去。有时也会有一群鸡，从院子里走出来，在路边草丛里啄食。鸡跟人一样，也是瘦瘦小小的，似乎它们根本就不知在暑热中如何长胖。水牛随处可见，有的卧在田边，深沉地眺望着远方。有的在水田中走来走去，浑身湿漉漉的。有的则在路边静静站着，偶尔向着天边发出一声低沉的呼唤。蓬勃生长的草木，挤满了路边的沟渠，车小心翼翼穿过的时候，它们便伸出无数的手指，啪啪地划过车窗。

这样不知行了多久，大家被颠簸得都有些累了，纷纷开玩笑说，我们此行大约是来柬埔寨走访"新农村建设"的。倒是阿芳跟波尔皮西谈兴颇浓，一路不停地开心聊着什么。正犹豫这影视城究竟隐匿在何处时，车拐过一条修葺一新的沙土路，一片幽静雅致的园林，突然就闯入了我们的视野。

天空依然飘着细细的雨丝，没有丝毫停下的意思。不打伞，走在小路曲折通幽的园林里，便有一种中国江南水乡的清寂之感。恰好有一剧组正在此处拍摄，波尔皮西便带我们穿过一堆的道具，轻手轻脚地踏着铁质楼梯上了二楼。

导演是位四十岁左右的中年男人，长了野性茂密的胡子，他正一边喝着咖啡，一边坐在监视器后，认真地盯着画面中的每一个细节，并随时提醒着房间内拍摄的演员和摄影师。正在拍摄的是一部爱情剧，两对年轻的恋人，和一脸威严的父亲，正跪坐在餐桌旁，边吃边严肃地聊着什么。年轻男人的脸上，写满了小心与惶恐。两个女孩，则一个心机满满，一个温婉善良。看他们服饰，剧情应该发生在古代。而从阿芳的喜好和波尔皮西写过的电视剧可以看出，柬埔寨人跟中国人一样，也乐意将自己的空闲交给远离现实的古装剧。

园林里静悄悄的，偶有清洁人员，从小路上经过。睡莲在水面上无声地绽放，棕榈树挺拔地指向天空，花朵在角落里悄然绽放。而旁边一片明净的辽阔水域，则将这处隐匿深处的影视基地，与周围寂寥的乡村图景，鲜明区别开来。

我们在河边遇到一对长期为剧组提供后勤服务的年轻夫妇，他们是波尔皮西的朋友。两个人正一边晃动着摇篮里的儿子，一边轻声细语地说着闲话。摇篮非常简易，用一条床单系在两边栏杆上做成，但木质地板上，却铺着洁净的蓝色地毯，上面开满了婀娜的花朵。岸边大片大片的芦苇，在风雨中弯下腰去。沿河的村庄掩映在芜杂的灌木丛中，偶尔有砖瓦结构的房屋，露出尖尖的一角。

女人的鬓角，插着一枚明艳的花朵，见我们拍照，她便绽开甜美羞涩的微笑。小孩子哭醒过来，男人温柔地抱起，耐心地哄劝着。风掠过河面，吹动花草，发出窸窸窣窣细碎的声响。一只瘦长的黄狗，穿过细雨，沿河岸慢慢走着；偶尔，它会像一个诗人，停下脚步，凝神注视着不息流淌的河水。那河，大约是洞里萨河或者湄公河的无数条细小支流中的一支，携带着大量的泥沙，浩浩荡荡地穿越平原，山谷，又向着无尽的远方流去。

回程途经大皇宫所在的广场，堵车，我们恰好可以透过车窗，欣赏一下周边的风景。人们席地而坐，享受着雨后难得的片刻清凉。到处都是飞翔的鸽子，它们时而在天空上翱翔，时而大胆地落在人们肩头，时而静静地蹲踞在气势恢宏的大皇宫上，眺望着马路对面浩浩荡荡的湄公河。微风吹过，鸽子们便发出惬意的咕咕叫声。

广场上大多是柬埔寨人，他们将缤纷的毛毯铺在地上，或坐或卧，沐浴着湄公河吹来的舒适的晚风。年轻的女孩子甩动着长发，发出银铃般的笑声。蹒跚学步的孩子，则追逐着草坪上的鸽子，咯咯笑个不停。老人们光脚坐在草坪边上，以佛一样慈悲的视线，静静注视着眼前晃动的一切。小贩们并不会四处走动，喋喋不休地向人推销，而是随意坐在广场的某个角落，一边注视着穿梭来往的行人，一边静待真正属于自己的那个顾客。

这是任何一个国家都能看到的日常，不管贫穷还是富裕。黄昏前这静谧的自然，连同此刻栖息在这片土地上的人们，犹如神的恩赐。

夜色不知何时降临人间，以至于当我们用一顿热气腾腾的金边特色的火锅，为波伦送别的时候，无意中一抬头，才发现整条街巷都已沐浴在昏黄柔和的路灯下。而纷纷扬扬飘洒的细雨，则让街巷有了日间难以窥到的微醺之美。

站在沿街的桌旁选菜，会看到整个街道上来来往往的行人。雨在路灯的辉映下，散发出糖果一样迷人的色泽。很少有人打伞，人们喜欢这美妙的小雨，就连说话的声音，也变得细了、小了。从巷尾看过去，所有的人，都像活在梦中，轻飘飘地走路，轻飘飘地微笑，轻飘飘地问好。

火锅店里的年轻女孩，有着月亮一样饱满动人的脸。她一刻不停地走来走去，回应着顾客各式各样的召唤，并始终带着恬美的微笑。那笑犹如花朵里流淌出的蜜汁，每一个看到的人，都心里生出欢喜。这也是人们对柬埔寨最为深刻的印记，以至于行走在这里的旅客，常常忘了这是一个经济还相对落后的国家。那些从心底流淌出的微笑，清洁着烈日下的柬埔寨，犹如湄公河，一遍遍冲刷着平原，给予这里生活的人们，留下繁盛的谷物，和绿色的希望。

尽管饭后就要分别，但波伦并未表现出太多的感伤。他依然像初相识时那样，用沉默的微笑，代替千言万语，没有热情的推杯换盏，没有表演似的深情挽留。晚餐快结束的时候，一个兜售白兰花的小女孩走到我们面前，他立刻买下两朵，送给我和同行的余女士。花朵小巧优雅，芳香袭人，就是这样两朵小小的白兰花，让我忽然间窥到，波伦作为诗人，深藏在内心深处的浪漫与柔软。

波伦要去赶夜间的大巴车，从金边到暹粒，有六七个小时。清晨到家后，他还要立刻开车去曼谷，与泰国作家进行创作商谈。我惊讶问他：一晚不能好好睡觉，还要出境，你不累吗？他拍拍胸脯，用英语说道：我还年轻呢！

大家被他最后一刻流露出的幽默，逗得哈哈大笑。这笑声震动着夜幕，树上悬挂的雨滴，也似乎被我们触动，纷纷洒落下来。我们站在街头，一一与波伦拥抱，而后挥手道别，又注视着他，消失在苍茫的夜色中。

一滴雨滑入我的脖颈，凉凉的。我忽然有些想念波伦。

## 落在巴丹吉林的每一粒沙

一

落在巴丹吉林的每一粒沙，都有生命的威严。

即便在荒凉的戈壁滩上，在沙漠尚未侵袭的地方，一样有生命挺立在龟裂的大地上，向着苍天发出深沉的呼唤，祈求雨水降临这片被遗忘的角落。在沙尘暴肆虐的春天，只要有一场淅淅沥沥的小雨，锁阳、绵刺、柠条、梭梭、芦苇、籽蒿、骆驼刺，它们就会将强大的触角，向着天空和沙漠深处无限地延伸。蜥蜴、蛇、骆驼、蚂蚁、甲虫、飞蛾，它们也在金色的黄昏里自由地奔走，让此时的沙漠，散发奇异之光。如果浩浩荡荡的大风，可以将南方的雨水搬运到巴丹吉林的上空，一夜之间，沙漠就会变成绿洲，被沙尘吹皱的人们，也会重现细腻的肌肤。

可是，雨水似乎从未眷恋过这片大地。千百年来，世代栖息的人类，以及所有被大风席卷而来的生命，都以强大的力量，对抗着残酷的自然。因为雨水稀少,白刺、沙蓬会将身体化作一张巨大的网,盘根错节,牢牢锁住脚下的沙土;雨水一来,它们便夜以继日地将上天恩赐的甘霖,转化成生命的汁液,抵抗着一次次将它们掩埋的沙尘。只要抓住一滴雨水,心怀森林梦想的梭梭种子,就可以在两三个小时内,迅速打开生命之门,将根基延伸至地下四五米深处,犹如一把刀子,直插地球的心脏,护佑生存的权利。即便看似贫瘠的白色盐碱地,也不是可怕的不毛之地,人们蹲下身去,会看到生机勃勃的发菜,覆盖着板结的泥土,这片沉寂的大地,因此现出让人动容的荒蛮伟大之力。它们是地球的头发,保护着人类赖以生存的家园,让大风肆虐的塞外戈壁,在缓慢起伏的呼吸中,得以呈现生命的尊严。骆驼们练就了一个月不吃不喝的本领,能准确地嗅到几十公里外的水源,在十分钟内快速喝下九十公斤的水,并学会在风沙中关闭鼻孔,用第三个眼睑阻挡炽热的阳光。蛇在滚烫的沙子中蜿蜒向前,机警地找寻着稀少的猎物。蜥蜴是神出鬼没的幽灵,能用肌肤汲水,并在沙海中闪电般随时消失不见。

人类也在这片大地上,以顺从但绝不屈服的精神,为生存的自由而战。人类化作坚硬的植物,将根基一头扎进干裂的泥土,为干旱少雨的西北大地,注入蓬勃的生机。巴丹吉林镇上的人们,用贫瘠的土地,养活了一代又一代子孙。为了寻找水源,人们走遍大漠,又花费十几万,将一口井钻到一百四十六米，却依然没有见生命之水喷涌而出。因为水源珍贵，人们将水分成两种。一种叫苦水，用来洗澡洗衣，浇灌菜蔬。一种叫甜水，用来做饭煮茶，虽然这甜水中，也夹杂着沙土的腥味。

每一个抵达此处的旅者，都会被放眼看去无边无际的荒凉震撼。每日鬼哭狼嚎的大风，让他们觉得孤独，仿佛只有逃离，才能幸运地存活下去。可是祖祖辈辈扎根在这片荒漠的老吴并不觉得。他小学毕业后，就离开校园，四处闯荡。他放过羊，种过地，捞过卤虫，挖过野菜，轧过面条，当过小贩，做过电焊，挖过水井，跟着驼队运送过盐和碱，在七万平方公里的阿拉善右旗寻找过水源，还开过民宿，当过村支书。他将一生献给了这片土地，并将自己读研的女儿，毕业后也唤回了这里。

我们巴丹吉林多好啊，没有比这里更辽阔安静的地方了。每次外地出差回来，老吴开车行驶在没有尽头的戈壁大道上，注视着大风中静默无声的骆驼，都会发出这样真诚的感慨。他热爱这片土地，旅行者眼中寸草不生的戈壁荒滩，在他心里却是风吹草低见牛羊的美丽草原。禁牧给自然带来珍贵的休憩，让曾遭破坏的家园，重现昔日的生机。

看，草地多么绿啊！巴丹吉林多么美啊！还有那株孤独的榆树，我出生的时候它就一直站在那里，这么多年过去，它依然没有倒下。等我死了，也要和祖辈们一起，葬在朝阳的山坡上。我认识这里大部分草木的名字，羊胡子、沙葱、灰蓬、驼绒黎、梭梭树、水蓬、沙冬青、茎叶榆、霸王草、茇茇草、紫菀、肉苁蓉、麻黄、甘草……起码有几百种呢。所以戈壁可不是你们想象的那样贫瘠，你如果弯下身去，仔细查看脚下的土地，会发现每一粒沙子都有生命呢！

老吴开车穿行在被无数次淹没又被无数次吹开的大道上，絮絮叨叨地向我讲述着这片大地上的一切，仿佛这是他生命的全部，仿佛星球上只有一个叫巴丹吉林的小镇，这里背靠着近五万平方公里的广袤的沙漠，人们永远走不出这片大漠，也从未想过走出。人们眷恋着这片土地，大风吹不走，干旱也驱不走，他们早已接纳面朝黄沙的命运，并将每一方养育了自己的水土，都用"井"字命名，周家井、马山井、上端子井、上井子。这些质朴无华的名字，饱含了人们对于水源热烈的渴望。水！水！还是水！这生命之水，是世世代代人们的爱与恨，哀与愁，并深深烙刻进人们黧黑的肌肤，这被大风吹出的色泽，这生命沉淀出的粗粝的底色。

让人却步的巴丹吉林沙漠里，也有旅者想象不到的蓬勃生机。沙漠中的湖泊星罗棋布，多达一百多个，仿佛一头扎进巴丹吉林大漠的深处，是一片无边无际的海洋。而其中滋养了大量飞禽走兽、草木虫鱼的淡水湖，则有十二个。旅行的人们路过清澈的湖泊，总是叹息说，这怎么可以叫湖呢，明明就是水坑。老吴每逢听到，就想告诉那些走马观花的旅者，不，这就是湖泊！比任何汪洋都要珍贵的湖泊！这是生命之源，如此神奇，又那样宝贵。还有什么比在沙漠中发现一汪清亮的水，更让人意识到生命的珍贵？只有那些从未想过搬离此处的人们，才能真正懂得，这一个又一个天眼一样明亮神秘的湖泊，所具有的意义，它们就是永恒，就是希望，就是汩汩流淌的血液。它们浇灌滋养着一代又一代巴丹吉林人，让他们生活在这里，却和任何地方的人们一样，生生不息，闪烁伟大的生命之光。

## 二

养骆驼的夫妇，来自甘肃武威市的民勤县。西汉时出使西域却被单于扣押的苏武，当年就曾在民勤一带牧羊十九年。苏武"渴饮雪，饥吞毡"却始终不改其志的精神，也深深影响了两千年后的养驼夫妇。他们背井离乡，一家三口抵达巴丹吉林，在连小偷都不愿光顾的戈壁滩上，饲养着一百多头骆驼。他们的儿子在镇上负责驼奶的销售，夫妇俩则每日操持着骆驼的一日三餐，和挤奶事宜。

一切都是简陋的，仿佛人与房屋都是盐碱地上野生的植物，无人照料，也无需照料。红砖水泥砌成的三间平房里，日常陈设简单到几乎可以席地而坐。除了一张桌子，两张椅子，一个土炕，一个柜子，一切都以最本原的状态安置。屋梁是一截没有刨净树皮的粗壮的树干,一盏白炽灯正闪着微弱的光,即便这一点光,也要归功于没有任何围栏的院子里,日夜劳作的风力发电机。路过的人们隔着很远,就能看到这片孤独的庭院,惊喜于荒野中忽然映入眼帘的飞快旋转的电机叶片。因为这户袒露在大地上的养驼人家,和他们为之忙碌的嘶鸣的骆驼,奔跑的鸡,吠叫的狗,旅途中的人会在满目荒凉中,心生温暖。仿佛这对夫妇的存在,是一簇燃烧的火焰,或者暗夜中的灯盏。

在那些无需为骆驼忙碌的暗夜里,夫妇俩会做些什么呢?偶尔,在瞌睡般昏沉的灯光下,他们会打开手机,上网看一眼外面繁华的世界。但那个世界,与他们并没有太多的关系。在这片很久都无人路过的戈壁滩上,他们犹如一粒巴丹吉林沙漠吹来的沙子,没有人关心他们的疼痛与欢乐,仿佛在这个星球上,他们并不存在。他们睡去的时候,从不锁门,庭院里的摩托车、三轮车、大卡车,随意地摆放着,跟随深夜一起沉入梦乡。母鸡们觉得孤独,会走进驼群,寻找它们身体上遗落的草籽。一条黄狗找不到用武之地,便终日以庄子的姿态,躺卧在红色的水蓬上,注视着无尽的远方,偶尔,发出一声深沉的叹息。这叹息划开浓郁的暗夜,在方圆几十里唯一的男人女人的梦中,留下一丝浅淡的印痕,随即又合拢如初。世界在漆黑中,化作混沌的一团。

但这沉睡的荒野上,依然有生命在温柔地起伏,发出均匀深沉的呼吸。昼伏夜出的狼群隐匿在夜幕下,虎视眈眈地嗅着羊和骆驼的踪迹。老鹰在睡梦中扇动了一下翼翅,完成一次想象中的壮丽的翱翔。狐狸蹑手蹑脚地行走在沙地上,在黎明尚未抵达之前,它们有足够的耐心,等待一只沉睡中的沙蜥。野鸭、大雁和天鹅栖息在大漠深处,皎洁的月光将它们的身影,倒映在水草丰美的湖边。大片被人类遗忘的沙枣林,在废弃的村庄里,抬头仰望着苍穹,发出窸窸窣窣的呓语。忘记返回家园的骆驼,虔诚地跪卧在一小片闪亮的水洼旁,关闭清澈的眼睛,将整个世界,纳入怀中。

养骆驼的夫妇,并不关心黑暗中那些散发朴素光芒的事物。他们正当人生的壮年,即便是冷硬的土炕,长年没有更换的陈旧棉被,深秋撞破木门的大风,也丝毫阻挡不了他们沉入睡梦的速度。梦境一次次将他们沉重的肉体,带离千篇一律的琐碎日常,抵达自由开阔的宇宙星空。那些喧哗吵嚷的人间幻象,被阻挡在戈壁与大漠之外。这星辰闪烁的寂静大地,被蜂拥而至的旅行者忘记,却滋养着养驼夫妇漫长的一生。此刻,他们只关心蔬菜、粮食和驼奶,只关心堆放在仓库中的六十吨草捆,那是骆驼一年的粮食。更远的世界,则隐匿在电视里,但那台打开就弥漫着现代文明气息的神奇的匣子,尚未在凌乱的房间里出现。

只有每天开车前来收购驼奶的人,会带来一些外界的消息。

那些消息仿佛秋天里追随大风而去的沙蓬草，滚滚而来，又倏忽而去，偶尔遗留在盐碱地上的种子，则被无数单调的白昼与长夜消化，最终化为泥沙，遁入虚空。

更多给予养驼夫妇安慰的，是朝夕相伴的骆驼。它们是天真稚气的孩子，生性好奇胆怯，看到人来，会停止汲水或者进食，在领头驼的带领下，一起朝着来人走去，一直走到那人身边，而后停下脚步，歪头打量着他，好像它们在这里历经了太久的孤独，一直期待着这位远方的来客。它们要将全部的热情都奉献给客人，为此它们引吭高歌，将五百公斤的庞大身躯，齐刷刷地横在那人面前，并用不停喷着白色气息的鼻子，去嗅他的衣服，又在那人试图抚摸时，调皮地跑开，站在不远处，笑望着他。

骆驼们与养驼夫妇形同家人。小骆驼时不时就会离开母亲的乳房，撞开木门，走进房间里东瞧西看，每一样东西在它们看来，都是新鲜的，如同人生初见。偶尔，它们会将桌子上的西瓜皮收进腹中。看到主人走来，便带着一块尚未吞食干净的瓜瓤，仓皇逃走，混迹驼群。主人也只是笑骂一声，并不会过多责怪，好像它们都是自家的孩子，哪个孩子不会贪吃调皮呢？而在这样人迹罕至的戈壁，能有一头呼着热气的生命，甜腻地蹭着你的身体，一颗心怎能不被爱轰隆轰隆地点燃？

在每日有几万头骆驼跋涉穿行的戈壁滩上，生长着无数的咸草，它们尖锐的刺，从未扎伤过骆驼。或许，骆驼才是这里真正的主人，吃下咸草，挤出咸奶，并始终以澄澈干净的眼睛，热烈注视着这片养育了它们的大地。它们在这里出生，在这里游荡，并度过三五十载漫长又短暂的一生。它们在这个世上活过的每一天，都被这片大地收纳，也被沉默的养驼人记录。

## 三

在人类尚未出现之前，风和水就在额日布盖大峡谷里，来回走了千万次，并在长达一亿年的往返穿梭中，将平坦的岩层，切割出一条巨大的深沟。没有人知道这些记载了地球历史的红褐色岩层里，埋藏了多少恐龙的尸骨，也没有人知道那些神秘相连的洞穴里，栖息着多少岩羊、山鸽、鼫鼠、野兔或者鹰隼。只有站在花草繁茂的寂静谷底，倾听鹰隼天籁般划过长空的鸣叫，注视着大自然鬼斧神工的杰作，人们才会惊叹这天地造化的神奇。

当自然以其造物主般强悍的力，在我们所生活的星球上，随意地拼接、组合，将沧海变成桑田，让高山沉没汪洋，人类也在风沙肆虐的残酷自然中，以蚂蚁般渺小又强大的重建的毅力，一次次对抗着摧毁与荒凉，用戈壁滩上以"分"计算的稀少良田，养活了一代又一代子孙。

就在巴丹吉林镇的额肯呼都格嘎查，老吴的母亲用家门口的两分地，养育了四个子女。这个性格刚烈好强的女人，即便八十岁了，依然脊背挺拔，面容高傲，迎着日日吹过戈壁的烈烈大风，英雄般站在门口的大道上，扯着铿锵有力的嗓门，对嘎查里依然活在世上的老邻居们，讲述四个被她打骂过无数次的孩子，而今如何孝顺听话，并成为让她完全不必操心的野马。她并不记得孩子们心里曾经留下的隐秘的伤痕，她只知道一个人要为了活着，在这片戈壁滩上拼尽全力。她去很远的地方拉来优质的泥土，将二分地改造为可以一茬茬生长出鲜嫩蔬菜的良田。她还花钱购买人畜粪便，将它们晒干后，均匀地洒在田里。有时候大风会刮起粪便中的手纸，她彪悍地骂一声娘，而后一锄头下去，将它们死死地摁进了土里。

就在这二分人造良田中，年复一年地生长出水灵灵的黄瓜，茄子，豆角，西红柿，辣椒，土豆。老天爷偶尔开眼，在春天降下一两场雨，但大多数时候，干硬的大地裂开狭长的缝隙，向着苍天发出沙哑的嘶吼。吴家老太太一声令下，四个孩子和不善言辞的丈夫，立刻成为供她指挥的英勇兵士。大家拉起装满大桶小桶的平板车，去沙漠的淡水湖里拉水。嘎查里的井早已干枯，人们筹钱打一个，便无奈地抛弃一个，每一口井都空空荡荡，流不出一滴水，仿佛地球早已枯竭，荒芜一片。

夏天，戈壁滩现出宝贵的生机，就连沙漠中也绿意葱茏。

人们在二分地上浇水、锄草、捉虫、松土、采摘，而后将蔬菜拿到城里售卖。去集市上卖菜的，永远都是老吴的母亲。父亲生性沉默寡言，在被母亲骂了几次卖菜没有心眼后，他便选择留在家中忙碌，任由大嗓门的母亲在集市上打拼天下。老吴有些害怕母亲，她粗粝的性格仿佛戈壁滩上的寒冬，每次在家中爆发，老吴心里都有刀子划过的痛。但战天斗地的母亲不痛。事实上，她粗糙的肌肤在酷烈的生活打磨中，早已失去了痛感。她能言善辩，机智狡黠，任何一个途经她菜摊的人，都别想空着手离去。就连二分地上种植的菜，也仿佛为她臣服，在短暂的夏天，最大限度地从泥土里汲取着营养，为整个家族奉献出生命全部的力。

晚间的母亲，只有一件事可做，那便是在煤油灯下数钱。一分与一分聚在一起，一毛与一毛靠在一起，这些零碎的钞票，像菜蔬和兵士一样，被母亲摆放得整整齐齐。这些用汗水换来的每一分钱，汇聚起来，化为当空皓月，照亮整个家族。它们供养了四个孩子读书，让他们代替母亲，离开这片祖祖辈辈从未走出的戈壁滩，去看一眼外面辽阔的世界。但他们最终又回到这里，做生意，修汽车，当老师，跑出租，兄妹四个将母亲强悍的生存基因，深深扎入沙漠侵蚀的戈壁滩，并繁衍下新的子孙。那些新成长起来的一代，比父辈走得更远，他们化作大风中滚动的沙蓬草，携带着饱满的种子，从二分地出发，行经北京，海南，江苏，上海……直至走遍大江南北。

如果有谁到过巴丹吉林，一定会被黄昏的戈壁滩上，在大风中静默无声的坟场震动。所有活着的巴丹吉林人，最后都会埋葬在这里。不管他生前落魄还是显赫，贫穷还是富有，都将殊途同归，葬在这片他们不曾离弃过的荒野之中。所有的墓碑，都坐落在阳面的山坡上，每日与活着的人一起，迎接黎明，送别黑夜。活着的人们寻找着水源，死去的人们躲避着沙尘。活了一生的人，怕死去之后，依然被大风每日裹挟，便叮嘱后人，在自己的墓碑前竖起一堵厚厚的围墙，这样，一生咀嚼沙尘的人，死后终于可以在这片洒满阳光的山坡上安息。

从大漠深处吹来的风，每日夹杂着砂石，浩浩荡荡地扫过戈壁滩，发出摧毁一切的嘶吼。这吼声并不让尘世的人们惊惧，但他们却因此怀念死去的亲人。死去的世界是怎样的，活着的人无法知晓，但他们在无数寂寥的夜晚，在那些独自穿行在荒野的冬日黄昏，常常会想起他们的父辈。就像此刻，朝着落日飞驰的老吴，注视着夕阳下静默无声的墓地，想起已经去世的父辈；想起他们曾与他一样，为了子女，在这片大地上艰辛奔波，从未对人生丧失过希望。即便一根电线落在岳父胸前，这残酷的意外，夺走了他四十岁的生命；即便胃癌折磨了父亲大半年，让五十岁的他，最终在痛苦的惨叫声中离开人世，可是，只要他们在人世还能呼吸，就会被一盘热气腾腾的羊肉席卷激荡着，重新散发对于生活的热望。

　　所以,活着的人路过这一片墓地,并不会觉得难过。他们会像老吴一样停下来,过去走走,仿佛这些人依然在巴丹吉林小镇上穿梭,人们走过几条街,会看到老年痴呆的邻居叔伯,还坐在那里,出神地凝视着人来人往的大道。时光慢慢老了,旧了,将老吴记忆中的人,带走了许多,但那些留在大地上的记忆,却依然珍存在老吴的心里。阳光缓缓洒落,他将那些长眠戈壁的亲人,再深情地注视一次,就像他们依然活在尘世,与他诉说着人生中的快乐与哀愁,千万粒沙子落下来,他们只是轻轻抖一下肩膀,便继续漫长的一生。

　　而额日布盖大峡谷里,那些红褐色的坚硬的砂岩,它们也是无数不复存在的生命的坟墓。这天然的墓碑,记录着早已化为烟尘的生命,他们在这个星球上,曾经奇迹般存在的印记。这是生与死抗争搏斗的印记。就像巴丹吉林镇上的人们,即便已经死去,依然要用一堵厚厚的墙壁,抵御烈烈大风的侵袭。

## 四

　　在变幻莫测的巴丹吉林沙漠,老李开车如履平地,仿佛他是这片神秘沙海中,一尾自由穿行的鱼,或一株遗世独立的麻黄。他熟悉每一座沙山,就像熟悉故园的一草一木。大风从哪一座沙丘上刮来，又朝着哪一座沙峰刮去；亿万粒黄沙，在静默的夕阳下，折射出怎样奇幻壮美的光华；一座高耸的山峰，如何在遮天蔽日的沙尘暴席卷过后，忽然诡异地消失；而一百多个大大小小的湖泊里，又隐匿着哪些神奇的生命。这些让旅者惊异的沙漠奇观，是老李人生中的日常。他生长在这里，就像一粒沙子落到巴丹吉林，便注定了此后一生的命运。

老李说，他在城市里开车，即便有导航指引，也常常迷路。川流不息的人群，纵横交错的大街小巷，震耳欲聋的机器轰鸣，让他觉得头晕目眩。但他很多次开车横穿巴丹吉林沙漠，却从未迷失过方向。沙漠巡护员的工作，让他像一只蜥蜴，一年四季都在沙海中穿梭来去。旅行的人蜂拥而来，又蜂拥而去。开着越野车探险的年轻人，在老李的带领下兴奋地穿过大漠，便重新消失在遥远的城市。人们只是途经这里，从未想过留下。只有老李，他将这片沙漠当成自己的家园，远方有怎样的故事，与他无关，他一个人开车在沙山中颠簸向前，时而冲上山峰，时而滑下山谷，这跌宕起伏的寂静日常，是他最真实可触的当下。当他驰骋在这片荒无人烟的苍茫大地，失去与外界联系的信号，他便成为自己的国王，傲然检阅着广袤无边的疆土上，那些以飞鸟、鹰隼、籽蒿或者沙竹形式存在的兵士。

无疑，老李是孤独的。但他喜欢这样的孤独。他二十岁便结婚，生儿育女，后又离婚，净身出户。他盘腿坐在芦苇丛生的湖边,向同学老吴和我讲起这些已成过往的人生历经,表情平静,语气平和,仿佛那是漫长人生中小小的插曲,大风吹过,便在纳括万千的沙海中消失不见,痕迹全无。当他的子女都相继结婚,他索性在每年冬天休假的时候,住进村委会一间存放公共杂物的储藏室,并彻底失去买房再婚的欲望。

此时的老李,人近暮年,却早已化为一株顽强的梭梭,将根扎进荒漠,以强悍的生命力,对抗着呼啸来去的人生烦恼。他有时候也会骂人,对着那些偷偷跑进沙漠腹地且几乎丧失性命的年轻人。这些年少无知的孩子,并不知沙漠的凶险,放任好奇在荒蛮的大地上蔓延。而他们的父母,则在意外发生后,将责任全部推给老李,指责他没有尽好巡护的责任,才让危险逼近。这时的老李,会放弃争辩,选择盘腿坐在沙漠上,背对着焦灼愤怒的人群,看向无尽的远方。那里,除了绵延不绝的沙漠,什么也没有,仿佛浩瀚无垠的宇宙,盛满巨大的空。人类的生死悲欢,在这无尽的黄沙面前,不值一提。

活着是什么,死亡又是什么?当老李孤身一人在沙漠中穿行的时候,一定很多次思考过这两个问题。现在,他走完人生的大半,选择一个人简单地活着,犹如一粒沙子,随风起舞,也缓缓下落,汇入无数的同类,以隐匿的姿态,让生命尽情地舒展。他途经过许多次死亡,锁阳、柽柳、胡杨、沙蜥、鹰隼……生命以干枯尸骨的形式,被浩荡的沙漠记录,掩埋,而后消失为广阔的无。生与死，共存于这片荒凉静谧的宇宙。他历经过黑暗的烈日、酷暑、沙暴、朔风以及死亡，也欣赏过落日、鸣沙、湖泊、湿地、奔跑的狐狸，和飞翔的大雁。所以当人与他谈及人生的琐事：工作，收入，婚姻，儿女，姐弟，纷争，他从不做更多的解释和回应，仿佛所有的一切，都是生命中可有可无的背景。

老李开车带我在沙丘中起伏向前，越野车时而冲上险峻的山顶，时而跌入陡峭的山谷。人心也在沙海中时而冲上巅峰，时而坠入深海。沙漠腹地犹如另外一个时空，这里与世隔绝，除了漫漫黄沙，一片沉寂，死亡化作无声无息的蛇，相伴我们左右。只有偶尔闯入眼帘的植物，以孤寂的姿态，傲然于这片人迹罕至的王国。尘世中所有困扰着人类的烦恼，此刻都被黄沙掩盖，一切都无足轻重，除了尚有呼吸的肉身。而在这永恒的黄沙大漠中，人类行走的肉身，又如此地渺小脆弱，不堪一击。

就在一年前，两个勇猛无畏的年轻人，避开老李的视线，偷偷穿越巴丹吉林沙漠。行至中途，两人便弹尽粮绝，陷入绝境。一个相信翻越对面的沙山，就可以抵达救命的淡水湖，于是拼命地向上攀爬，最终耗尽力气，在即将抵达峰顶时饥渴而亡。另外一个，则将自己的身体埋入沙子深处，最大可能保存着体力，在奄奄一息之际，终于等到了救援。生与死，不过是一段欲望的博弈。死神傲立于群山，藐视着人间的一切，或许，只有那些将欲望埋入黄沙的人，才能最终抵达寂静的湖泊。

老李多少次途经死神，连他自己也记不清了。也许，他根本不关心死亡。生与死，都只是星球上一粒微不足道的沙子，无数的沙子落下来，便成为壮阔的巴丹吉林沙漠。他一日一日将生度过，犹如沙子日复一日地下落，消失在苍茫的大地。没有人记住他的生，所有人也终将忘记他的死。

回程时，路过老李的姐姐，她正在湖边热情地追着游人，向他们兜售着设计简陋的纪念品。老李摇下车窗，探出头去，大声向姐姐打着招呼。姐弟俩互道一句家常，便分道扬镳，各自离去。老李说，他的姐姐也已离婚，独自养育着两个孩子。但烈日下忙碌的她，并没有太多的悲伤，仿佛这样的人生，是上天最好的安排，她起身接纳这粒来自星空的沙子，便可以安然度过此后的一生。

上帝洒下多少粒沙子在巴丹吉林，便有多少种命运漂浮在尘世。每一个漂浮的生命，都是降落人间的奇迹。就在生死之间波澜壮阔的沙海上，人们一日日抗争，也一日日接纳。犹如一粒沙子，在肆虐的暴风中发出嘶吼，又在耀眼的阳光下徐徐飘落。

## 生死之门

### 一

我的妈妈快要死了。我蜷缩在漆黑的蚊帐里,惊恐地想。

院子里静悄悄的,就连蛐蛐也停止了鸣叫,仿佛对死亡早有预知。只有隐隐的雷声,从遥远的地平线上轰隆轰隆地传来。父亲在堂屋里焦灼地走来走去,蒙头睡去的姐姐,在条纹被单下发出轻微的鼾声。邻家的玉米秸在风里扑簌簌响,一只老鼠嗖一声穿过黑暗的巷子。除此之外,整个世界便浓缩在一帘之隔的卧室里。那里,躺在床上的母亲,正发出一声声痛苦的喊叫。

刚刚六岁的我,对母亲经历的一切,还懵懂无知。我只能放任自己的想象,于是那些喊叫便成为魔鬼的绳索,死死套住母亲的脖颈,将她向坟墓里狠命地拖。我的牙齿咯吱作响,瘦小的身体用力地缩成一团,似乎这样便可以帮助受难的母亲,逃出死神的魔爪。没有人关心我心里无限蔓延的恐惧,这恐惧吞噬着我，正如疼痛吞噬着母亲。

村里的接生婆从黄昏掌灯时，就絮絮叨叨说着什么，仿佛那是她独特的祛痛秘籍，能为波涛中与死神搏斗的母亲，劈开黑夜，点亮灯盏。

微弱的灯光下，父亲的脸上时而闪过一抹淡淡的微笑，时而划过一丝莫名的忧虑。为了省钱，这个勤俭的男人早早就戒了烟酒，于是蹲在门口的他，手里便有些寂寞，不停地搓来搓去，将关节弄得咔吧作响。这响声与母亲的呻吟缠绕在一起，在夜色中搅起阵阵不安的波纹。

因为紧张，一泡尿在我的身体里憋了很久。如果再不排泄出去，它们将化为浩荡的江河，淹没整个星空。我只能爬起来，穿着裤衩，蹑手蹑脚地走出门，在离茅厕还有几米远的泡桐树下站定，蹲下身，迅速地将尿射进黑夜。

隔着窗户，我听见母亲撕心裂肺的喊叫：疼啊！疼啊！祖宗，疼死我了啊！这疼痛击穿了我的耳膜，让刚刚起身的我，又蹲下身去，强忍着身体的痉挛。我恨不得代替母亲去疼去死，尽管死是什么，我完全没有概念。我只知道死亡就是消失，可是消失以后，人又去了哪里，我并不知晓。因为暗夜中受难的母亲，我朦胧地体验着生，又模糊地碰触着死。生与死，隔着母亲苦苦挣扎的身体，冷眼相对。

我重新起身，跺一跺痉挛过后依然有些发麻的脚，一瘸一

187

拐地朝房间走去。光影摇晃中,皱纹横生的接生婆拦住我的去路。她粗糙的手指抚摸了一下我的脑袋,叹口气说:唉,你要是男孩就好了,这样你娘就不用继续受苦了。

说完,她又满怀着期待,狡黠地试探我:你说,这次你娘生的是妹妹还是弟弟?

她的视线朝着我的脑门重重地压下来。我不知道她想要怎样的答案,可是她的脸上闪烁的欲望却告诉我,在生死未卜的母亲面前,我就是可怕的先知,我说出的每一个字都意味深长,并预示着命运的安排。我因此心生惊悚,怕一不小心吐出的某句话,会一刀见血要了母亲的性命,也将她腹中的孩子杀死在生命之门。我只能紧闭双唇,一言不发,并迅速逃离接生婆的审问,爬进闷热的蚊帐。

夜色中,雷声正化作千军万马,朝着小小的庭院奔来。父亲则像一道闪电,迅疾地收拾着一切他认为值钱的家当。这突然而至的雷电,吞噬了母亲的呻吟,仿佛她已放弃搏斗,任由死神用粗重的锁链,拖着气若游丝的身体,朝更黑的黑暗中走去。

可是我不能让母亲死去,我需要她。尽管她常常身陷愤怒的深渊,与暴躁的父亲联手,对我打骂羞辱,借此舒缓贫穷生活的重压。可是,偶尔她也会现出温柔,这短暂的温柔让我依恋。于是我像一只蚂蚁,跌跌撞撞地下床,穿过昏暗的堂屋,在挂着月白帘子的卧室门口停下,而后悄悄掀开帘子的一角。

我看到鲜血正顺着席子滴答滴答流下来，浸湿红砖铺成的地面。那让人惊骇的红，照亮灰暗的窗棂，并瞬间刺穿了我的心。一声惊雷在房顶上方炸响，我的眼泪冲溢而出。我听见自己在心里一遍遍哭喊：妈妈，你别死！可我不敢出声，我怕父亲会将我扔进电闪雷鸣的黑夜。但哭声最终背叛了我，父亲恼羞成怒地冲过来，一把提起我的耳朵，将我扔进了卧室。

一声婴儿的响亮啼哭，紧跟着一道闪电，划破苍穹。我听见接生婆有些失望地大喊：生了，又是个丫头！

堂屋里的父亲沉默了片刻，才疲惫地回应，哦。他的声音虚弱无力，仿佛跟母亲共同努力了一个晚上，早已耗尽最后一丝力气。

我也累极了。我真想和初生的婴儿一起，依偎在母亲的怀里。这个和我眉眼相似的妹妹，她将吃着母亲的乳汁，一天天长大。我们欢快地奔跑在麦田里，高喊着妈妈，让她教我们唱美丽的歌谣；即便她生了气，打骂我们，我们也会选择原谅，并留在她的身边，深情地爱她。

妈妈，我会牵着这个将会叫我姐姐的漂亮女孩，在田野里撒欢。

妈妈，她不会给大人带去任何的麻烦，所以请一定将她留在我们贫穷但也温暖的家里。

妈妈，你一定会像爱我一样地爱上她。

189

一定会的，妈妈。

我这样想着，甜蜜地睡了过去。而那醒来必将空空荡荡的明天，送人后再也不曾相见的妹妹，它们在我深沉的梦里，永远不会抵达。

## 二

从医院回来的路上，一条黄狗忽然从巷子里蹿出来，朝着我和男友大志凶猛地吼叫，好像我们俩是行踪可疑的杀人凶手。我惊恐地躲在大志身后，又下意识地捏了捏书包一角，那里正藏着我们的秘密"杀人"药品，药品的名字我完全陌生，也没有记住，我只是低头听完医生的服用说明，便慌张地一把抓起，红着脸藏进书包，和大志牵手逃出了医院。

此刻，一条狗将我在医院的恐惧唤醒，让我意识到，这"谋杀"的罪名，从我和大志躲在公共电话亭里，小心翼翼地给医院打电话咨询的时候，就已烙刻在了我的身体上。我带着它，像古代脸上被施以墨刑的囚犯，不管走到哪儿，"谋杀"二字都刺眼地长在那里，将我在人前的尊严顷刻间击碎。

或许，所有人都已窥到我们"杀人"的秘密，只是心照不宣地没有挑破。电话亭的老板娘坐在一小片阳光里闲闲嗑着瓜子，一只眼瞥着学校东门人来人往的热闹街市，一只眼打量着我和大志。我和大志涨红着脸，问她能否回避一下，我们有非常重要的事情要通过电话沟通。她狐疑地看我们一眼，抓起一把瓜子，磨磨蹭蹭地走向门口。但她并未放过我们，仿佛我们是一对正被警察通缉的犯人，她有义务监视我们的一举一动，并在适当的时候向警方告密。离开电话亭后，我和大志发誓再也不来这里，我们要把用视线钉死我们的老板娘，彻底地从人生中抹掉，就像抹掉此刻我腹中不该出现的胎儿。

　　医院里的女大夫，更是我们"谋杀"罪行的见证者。她一眼洞悉我假冒姓名又写大年龄的伎俩，于是叫我"小姑娘"，我马上纠正她：我已二十五岁，不是小姑娘了。她脸上淡淡的，看不出表情，只轻轻"哦"了一声，仿佛在告诉我，她并不介意我究竟是二十岁还是二十五岁，在她眼里，这没有什么差异。甚至在给我写药方的过程中，她还与对面的老大夫，聊起一个母亲陪着十五岁女儿来做人流手术，那女孩人流完躺在床上，还惦记着要回去补写作业。我的脑袋嗡嗡直响，好像女大夫在指桑骂槐。是的，这是周五，我和大志商量好了，我只需请下周的一天假，便可以继续上课，既不让辅导员怀疑，也不被舍友们议论。二十岁的我，还有许多美好的梦想没有实现，这块隐匿在我腹中的绊脚石，我将以最快的速度把它搬离，并将犯罪现场打扫干净，好像一切都不曾发生。

　　还有跟我和大志租住在同一个院里的校园情侣，他们也一定会因为我的深居简出而心生疑惑。尽管每个人都来去匆匆，忙着上课，考试，吵架，和好，或者分手，不会立刻将视线聚焦到我的小腹，也看不出那里正有一座暗涌的火山，即将隆起。或许，他们也曾历经过这样无法对人言说的恐惧，并在暗地里用同样的"毒药"，将这爱情的苦果扼杀在公共厕所；那小小的尚未成形的种子，不过是瞬间，便被冲进肮脏的下水道，让所有的欢愉都死无对证。

但我一紧闭房门，掏出两小盒药物，便立刻将鹰隼一样犀利的监视，全抛在脑后。现在，一切都没有"谋杀"更为重要，我需要将正在体内蓬勃生长的小东西，彻底清除，就像刷掉下雨天鞋底的淤泥。它是一块我身体里的污渍，它是多余的细胞组织，它与爱无关，它是羞耻的，肮脏的，我要以最快的速度，将它从子宫里除掉。

我仰头吃下两粒"米非司酮"，而后躺在床上，等待着想象中将排山倒海般到来的呕吐。我想起母亲，她生下四个儿女，小产过两次，又被强行拉去堕胎过一次，她老去的子宫一定千疮百孔，布满了伤痕与皱纹。她从未告诉过我生育的知识，仿佛这是一件无师自通的事，一粒种子一旦在女人的身体里植下，她就自然懂得了爱，理解了生，也把握了死。乡村女人的生命，野草一样卑微又旺盛，不管她们的子宫被如何践踏、开掘、填埋，她们都没有怨言，依然辛勤地洒下一粒粒种子，又将那些长势不好的幼苗，义无反顾地刨除。我已记不清十里八乡有多少女人，踩着月光抵达我们家庭院，在昏暗的煤油灯下，脱掉肥大的裤子，毫无羞耻地张开双腿，任由母亲这业余的接生婆，将冰冷的器械插进阴道，探进子宫，将那粒正在努力生长的种子，从并不肥沃的土地上毫不留情地拔除。或许，正是那些深夜里鲜血淋漓的堕胎画面，让我产生深深的恐惧，以至于当医生问我究竟选择人工流产还是药物流产的时候，我毫不犹豫地脱口而出，我只吃药！

一粒，两粒，三粒，四粒……我严格遵循着医嘱，将六片"米非司酮"在两天内一一服下。我坚信这些药物已经弥漫至我子宫的每一个角落，将所有可疑的生命组织统统杀掉。我也坚信，再服下三粒"米索前列醇"，那些从子宫的墙壁上脱落的组织，便会彻底排出我的身体。它们会像每月必到的月经，悄无声息地滑落到卫生巾上，或者公共厕所的便池里，我只需轻松地摁住马桶的冲水按钮，那些血块便会哗啦一声，全部被我干掉。那不是一个孩子，那只是身体的残渣，跟耳屎鼻屎眼屎呕吐物一样的残渣。我这样想。

我耐心又神经质地等待着那一刻的到来。我为此仔细检查着脸盆里的呕吐物，我怕那些宝贵的药物，会无意中被我吐出，让这伟大的"谋杀"计划付之东流。我不能容忍任何闪失出现，哪怕药物藏匿在呕吐物里，我也会毫不犹豫地将它们捡起，再次咽下。

　　终于,在四合院的公共洗手间里,一块湿润的小东西,从我的身体里鱼一样滑出。我低下头,看到便池里安静躺卧着一小块圆圆的肉瘤,那是试图根植在我身体里的种子,它被医生们叫作"妊娠囊",如果我给予它水和食物,它将会慢慢获得心跳,听说,那叫作"胎动"。可是那一刻,我只想摁下冲水摁钮,清除所有的证据。

　　它不是一个生命,它不是将会与我有着相似容颜的婴儿,它只是一次意外的事故。我惊恐地逃出公厕,一遍遍对自己说。

## 三

　　疼痛汹涌澎湃地向我袭来,瞬间将我淹没。我的手指在医院冰冷的白色墙壁上,划出一道道深浅不一的印痕。随即,这紧抓墙壁的力气也完全丧失,我的意识慢慢模糊,身体化作一片飘零的树叶。我无力地顺着墙壁滑落,跪倒在妇科大夫的面前,发出最后的呼救:大夫,求求你,给我剖了吧。

　　窗外,整个大地陷入漆黑,但这并不能阻止正在发生的一切。一个刚刚降临尘世的婴儿,正在冰冷的手术台上放声大哭。一群护士推着急需抢救的病人,风一样经过门口昏昏欲睡的陪床家属。重症监护室里,医生们平静地撤下呼吸机,宣告一个老人生命的终结。一个抑郁症患者，正大睁着眼睛，将视线刺向窗外永无休止的深夜。一个女人在邻床婴儿的啼哭声中，等待手术取出已死腹中的胎儿。寒风席卷了整个城市，却不能阻挡人们奔赴医院的脚步，仿佛这里，是人间生死必经的通道。

病房里刚刚出生的婴儿，闭眼吃了一会儿母乳，便在刺眼的白炽灯下，重新陷入深沉的睡眠。顺产的年轻母亲，疲惫地躺在窄小的床上。初为人父的男人，缩在床角，一脸茫然地看着给孩子换尿不湿的老人，一时间不能接受这突然而至的混乱。老人悄无声息地收拾着杂乱的衣物，但她的种种努力，最后都归于失败。垃圾筐里婴儿的屎尿气味，女人身体里散发的乳香，吊瓶里药水冷静的滴答声响，走廊里杂沓的脚步声，婴儿划破寂静的哭声，让拥挤的病房，时不时便被裹挟进一场新的混乱。

而我毫无羞耻的绝望喊叫，更像一声声惊雷，划破乱哄哄的房间。我已惨叫了七个小时，我确信再这样下去，我将会耗尽全身的力气，也用光子宫里的羊水，那是腹中胎儿的生命之水。或许此刻，这个小小的婴儿，正和我一起，历经与母腹分离的痛苦。我尚不知他（她）是男孩还是女孩，我也不关心这些。疼痛让我只意识到自己的存在，所有对伟大母爱的颂扬，统统被我抛弃。疼痛把每一秒无限地押长，而我，只想以剖腹的方式，让这无休无止的折磨，瞬间停止。

值班大夫见多了待产孕妇，并不觉得我的下跪多么惊人。

她的声音在深夜里听上去慵懒疲惫：先做一次阴检，看看开了几指再说吧。

我扶着墙壁，一步一步艰难地挪进空空荡荡的检查室。

自己铺上一次性垫纸，脱掉鞋子、裤子，上床躺下。女大夫一边准备，一边发出例行公事般平静的指令。

你想肛检还是阴检？器械碰撞声中，女大夫抬一下眼皮问我。

什么是肛检？什么是阴检？我忍着疼痛，有气无力地问她。

你希望用插入肛门还是插入阴道的方式，来检查胎儿的情况？惨白的灯光下，女大夫的语气明显不耐烦起来。

我只选择阴检！在瞬间将我击倒的羞耻中，我惊恐地回复她。

我闭上眼睛，任由自己牲畜一样被人摆布。我不知道大夫使用了什么工具，我也不想知道，似乎看不到那些尖锐的器具，我的身体就会完好无损。这承载了灵魂的肉体，它是私密的，美好的，洁净的，独属于我自己，且有生命的尊严，未经我的允许，任何人都不能触碰。

一根类似筷子的细长器械，无情地插入我的阴道又拔出，而后，我听到大夫说：才开了一指，还早着呢，等着吧。

可我不想再等了。我要立刻剖腹解决掉这剧烈的疼痛，它让我的身体不停地流血，它将我的私处赤裸裸展示给毫不相干的人。此刻，腹中的婴儿还未与我相见，我无法想象出他（她）的样子，我只爱我自己，我不想继续忍受这将无限升级的剧痛，我愿意用一条长长的疤痕，交换魔鬼对我的每一块骨头，一刀一刀冷酷的切割。

人们总是赞美那些顺产的女人，她们对于疼痛的隐忍如何地伟大，仿佛只有经历产道的挤压，生命才会被赋予闪亮的光芒。而如我这样还没有抵达撕心裂肺的战场，就溃败求饶的逃军，或许，连腹中的婴儿都对我不齿。当他（她）正努力地从我的子宫壁上脱落，试图经过十厘米的生命通道时，我却毫不知耻地跪下，哭求大夫直接剖腹，将他（她）一把拽出，这样直截了当采摘果实的方式，似乎有辱母亲这一光荣的称号。

但我不关心这些。我只知道，当我躺在手术室里，听着男麻醉师和女大夫们，在凌晨五点柔和的光线中，轻声说笑，历经一宿折磨的身体，仿佛漂浮在幸福的天堂。一切疼痛都因麻醉不复存在，世界陷入永恒般的寂静。白炽灯的光线在医生的絮语中，水波一样轻柔地晃动，犹如此刻我的子宫里，依然滋养着婴儿的羊水。我赤裸的身体，在即将抵达整个大地的黎明中，重获生命的尊严。

羊水太少了，幸亏选择了剖腹，否则孩子会缺氧窒息。

出血量不多，很好。

婴儿出来了，准备缝合伤口。

是个女孩，体重六斤。

我安静地听着医生的对话。这朴素日常的一幕，让我动容。我第一次意识到生命的伟大。我的小小的女儿，她只响亮地发出一声啼哭，便重新沉入香甜的睡梦之中。她和我一样，未曾历经艰难的跋涉，就抵达这个世界。而我，却在看到她的第一眼，就爱上了她。

让我吻吻她。我对抱着女儿的护士温柔地说。

她真好看。护士情不自禁地发出赞美。

因为长得像我。我骄傲地说。

医生们全都笑起来。这笑声溢出紧闭的门窗，瞬间包裹了辽阔的大地。

四

我陪舍友白兰坐在医院走廊的尽头，等着护士叫手中的号码牌。

这是最普通的一个夏日清晨，空气里有好闻的茉莉的清香。越过医院生锈的窗户，能看到甬道两旁的小花园里，玫瑰正在明亮的阳光下绽放。池中的莲花，刚刚张开惺忪的睡眼，滚落满池的露珠。草坪上绿意盎然，到处都是生机勃勃的盛夏光影。只有白兰，躲在走廊陈旧的光里，一脸的茫然，仿佛窗外热烈生长的一切，都与她无关。

就在几天前的黄昏，她从外面回来，失魂落魄地告诉我说，她怀孕了。

那你打算留下还是？想起白兰四岁的儿子，我犹豫问道。

必须打掉，因为……他（她）没有家。

白兰爱上了一个新的男人。她从未对我说过，但我却在手机的听筒里，早就熟知了男人的声音。他给了三十岁的白兰，从未有过的初恋一样甜蜜的爱情，也给了她从小缺失的父爱。事实上，我们刚刚读博相识，她在卧谈会上无意中提及，她是因为厌倦了婚姻生活才出来念书的时候，我就知道，而今的一切，早晚都会发生。

你陪我去医院，好不好？白兰孩子一样转过身来，哀哀地恳求我。

白兰眼里的泪水已经干了。有时，她的冷硬决绝让我诧异。她爱那个男人，却并不想带来任何的麻烦。她像一个讨要糖块的小女孩，任性地索要着爱情，又在得到后，义无反顾地离去。她要走去哪儿呢，她自己也不知晓。童年时遭遇的父亲的暴力，母亲的辱骂，家庭的破裂，以及贫穷、羞耻与背叛，让她对爱情的渴望，犹如飞蛾扑火，一次一次，无休无止。

爱情与婚姻无关，我只迷恋爱情本身。她说。

是的，白兰沉迷于爱情，那有保质期的新鲜的爱情，燃烧着她的身体，让她可以为此抛弃一切，包括此刻腹中阻碍她奔向爱情的胎儿。她从未学会真正地去爱一个人，就像她也从未真正地被人爱过，当她还是一个孩子的时候。谁能拒绝一个孩子任性的要求呢？除了陪她流掉这粒刚刚萌芽的种子，我别无选择。

妇产科的门口人来人往。前来做无痛人流的女人们，脸上并没有太多的哀伤，仿佛一个生命的来与去，不过是夏日的一阵小风，除了掀起一圈小小的涟漪，相比起漫长的人生，它完全无足轻重。

白兰从没有做过人流手术，她是一个惧怕疼痛的女人，她无比爱惜自己的身体。在此之前，为了选择药物流产还是无痛人流，我帮她咨询了好几个大夫，最终，为了彻底清除那颗在子宫上意外着陆的种子，她选择无痛人流。但想到自己要羞耻地张开双腿，在众目睽睽之下，任由冰冷的子宫刮匙伸进阴道，白兰还是心生恐惧；她连续几宿做同一个噩梦，梦里一根尖锐的铁棍，刺穿了她的身体，将她挑起，挂上高高的城墙，任人唾弃。

时间一分一秒地流逝，每次手术室走出一个脸色惨白被人搀扶的女人，白兰就会惊慌地握紧我的手，像一头备受惊吓的小兽。

别怕，医生说了，打麻药后，睡上十几分钟，一切就都结束了。我轻声安慰她。

网上都说，女人做一次人流，相当于老去十岁，我不想老，我想永远爱下去……白兰的声音缥缈虚幻，仿佛来自遥远的天边。

别胡思乱想，你总是孩子气，左右不过七八天，你又活蹦乱跳了。我拍拍白兰的肩膀，她不再说话，脑袋一歪，树叶一样飘落在我的肩头。

不知又过了多久，护士探出头来，叫了白兰的号码。她慌乱地起身，把手机、背包和外套，一股脑全塞到我的手中。她的脸上写满了惊吓。此刻，她不再是一个男孩的妈妈，她重新成为一个小小的女孩，站在童年的门槛上，无助地向我伸出双手。

我给白兰一个深情的拥抱，而后跟随她一起走进手术室。一个白色的帘子，将手术室隔成两个房间。外面的作为术后的留观室，安置着两张单人床。一个年轻的女孩正躺在上面，闭眼睡着。她的脸上看不出丝毫的痛苦，似乎她什么也没有经历，没有伤口、没有失去，她的身体像此刻窗外娇艳饱满的花朵，完好无损。她的旁边，陪同的男孩正百无聊赖地刷着手机，脸上时不时浮起一抹轻松的微笑。这人间强行干预的生与死，因为"无痛"，成为平淡的日常。

我坐在女孩的对面，一边注视着她海藻一样热烈缠绕的长发，一边倾听着隔壁手术室里的声响。那里只有三个人，一个

201

中年男性麻醉师，一个主刀女大夫，一个年轻女护士。我听见器械轻微的碰撞声，白兰的牛仔裤丢进筐里的声音，医生们一边聊着中午食堂的饭菜，一边指挥白兰，身体向下一点，再向上一点。

将腿再叉开一些，把双脚搭在架子上。主刀大夫说。

腿放松一下，别太紧张，不过是个小手术。女护士说。

麻醉已经注射完了，你可以闭眼睡了，如果听到我叫你，回复我一下。麻醉师说。

听到我的声音了吗？麻醉师问。

听到了。白兰回答。

这会呢，听到了吗？喂，听到我说话了吗？麻醉师继续问。

一阵沉默。三个人继续说说笑笑。

喂喂……可以做了，她已经睡过去了。麻醉师说。

我听见各种器械在紧张又有序地发出碰撞，我打开手机，搜索"无痛人流所用器械"，我看到它们的名字：子宫颈扩张器、手动真空吸引管、子宫刮匙、注射器、碎胎剪、卵圆钳。我还看到它们的图片，在手机屏幕上散发着冰冷的光。我的小腹隐隐作痛，仿佛一个长长的钳子，正粗鲁地插进我的子宫，我代替沉睡中的白兰，发出一声隐秘的尖叫。

那短暂的十几分钟，像过了漫长的一个世纪。对面的情侣不知何时已经消失，仿佛他们从未在我的人生中出现。床上空荡荡的，只有轻微躺过的印痕，证明曾经有一对年轻的恋人，出现在这里。而他们爱情的结晶，那意外的生命，还未来得及发芽，就被连根拔掉，丢进了垃圾桶。

一阵小风将粉色的女护士吹到我的面前。你是白兰的家属吧？她抬了抬眼皮问道。

是的。想到帘子后悄无声息的白兰，我惊慌地站起来回答。

我们需要你看一眼妊娠囊，确保人流手术是成功的。护士平静说道。

可以不看吗？我强忍着呕吐恳求她。

为了让您的家人放心，我们也互相负责，我建议您确认一下我们没有漏吸。

那么，好吧。

当护士将托盘伸到我的面前，我只瞥了一眼那团血肉模糊、不过四五厘米大小的妊娠囊，便扭过头去，说，可以了。

我的小腹又疼了起来，胃里一阵阵翻江倒海，我想去洗手间，可是护士拦住了我：手术结束了，麻烦帮你的家人穿上衣服，把她抱到床上，等她醒来，再观察一会，出血量不多，也没什么疼痛，就可以回去了。

我走进手术室，看到水仙一样优雅的白兰，公主一样高贵的白兰，像待宰杀的牛羊，下身裸露，双腿叉开，高高地搭在架子上。她只对爱情敞开的私处，一览无余地呈现在我的面前，也呈现在说说笑笑准备收工的大夫面前。

我的眼泪夺眶而出。我只想迅速地用体面的衣服，遮住白兰隐秘的私处。那里盛放着她的爱和欲，也包裹着她的伤和痛。我用最快的速度，帮白兰穿好衣服，而后恳求男麻醉师，将她抱到留观室的床上。

沉睡中的白兰，像一朵幽静的花儿，这一刻的她，是幸福的。我相信她的灵魂，正在寂静的大海上自由地飞翔，那里没有生，也没有死，只有耀眼的光，穿过亿万年的宇宙，照射在永恒的星球上。

我握住白兰的手，就像隔着三十年的光阴，握住婴儿时的自己。

那时，我如此幸运，没有从子宫里，被人残酷地拔除。那时，我通过一个女人的阴道，抵达这个世界。那时，我用响亮的啼哭，庆祝自己即将开启的身为女性的一生。

# 星　辰

## 一

　　黄昏，暑气渐消，暮色犹如巨大的飞鸟，缓缓降落热气腾腾的村庄。我抬头看一眼雾气缭绕的天际，鼓起勇气，一头扎进绿色的汪洋，寻找失踪的母亲。

　　这是八月，村庄被一望无际的玉米包围。起风的时候，整个村庄便化作一叶小舟，在汹涌的浪涛中若隐若现。小小的我，则似一只惊惶的飞虫，伏在剑戟般狭长的玉米叶片上随波逐流。

　　大人们借着傍晚的凉风，在密不透风的玉米地里埋头锄草。小孩子们则趴在田间地头，与蜻蜓或者天牛玩耍，累了倦了，便随意地将它们短暂的一生终结。傻子坐在自家的庭院里，抬头看着渐渐暗下来的四角的天空，发出神秘的喊叫。有时候他也会跑出门去，沿着村庄大道寂寞地行走，见到好看的女人，他就站住，盯着女人胸前鼓荡的衣衫痴痴傻笑，女人看了心烦，捡起脚下的木棍,大骂着驱赶他。狗站在自家门口,眺望着巷口,那里始终没有人来;它们便走出巷子,汇聚在一起,用饥饿的身体里仅存的气力,发出茫然的吼叫。天边最后一抹晚霞,在狗叫声中微微晃动一下,继续向深山隐去。

月亮早已挂在天边,家家户户的炊烟还没有升起。整个村庄的人仿佛都消失在玉米地里,忘记了人间时日。遥远的地平线上,秋天的战鼓正隐约响起,这紧锣密鼓的声响催促着人们,一场抢收大战即将开始。此时人若匍匐在大地上,还能听到遍地抽穗授粉的玉米,正从泥土里咕咚咕咚汲取着生命的乳汁。

我的身体也在发出叫声,饥饿张开大嘴,将我一点点吞噬。我放过一只觅食的蚂蚁,站起身来,顺着枝叶横生的垄沟,看向玉米地的深处。因为晕眩,整个大地都在我的眼前晃动。我扶住一株玉米,在窸窣的声响中,侧耳辨认着母亲的脚步声。我听到风吹过成千上万株玉米柔软的花须,发出亲密的私语,红色的花须在热烈地喊叫,黄色的花须在寂静地歌唱,白色的仰望苍穹,等待星空睁开无数闪亮的眸子。我还听到飞蛾拍打着薄薄的翼翅,列队飞回巢穴的声响。一只青蛙从沟渠中一跃而起,将路过的蚊虫吞入腹中。

但在千万种声响中,我只渴望母亲的声音,尽管她从未温柔地呼唤过我。残酷的生活榨干了她心中残存的爱与暖。她在疲惫的时候骂我,像骂一条夹着尾巴讨要吃食的狗。她在快乐的时候骂我,像骂庭院里惹是生非的牲畜。她在与父亲撕扯后骂我,像骂该死的人生。一切让她生出烦恼的事情她都破口大骂,以此对抗永无休止的琐碎日常。母亲这样固执地厌倦着我们贫穷的家,我却依然将她视作人间的焰火,我要将世间所有的爱都拿来送给她。我来自她的身体,这世间唯一的爱的源头,我如何能弃她而去? 不,我要紧紧跟随着她,像一只扑火的飞蛾,耗尽平生气力,守护住这点微弱的光,这必将照亮我漫长一生的光。

我于是起身,朝着大地上涌动的汪洋一声声呼唤:娘! 娘! 娘! 我的声音在寂静的黄昏里传出去很远。它们沿着垄沟曲折向前,先是碰翻了一片娇嫩的草叶,而后惊醒一粒沉睡的虫卵,继而抚过一株醉酒的高粱,撞飞一枚饱满的大豆。回巢的蚂蚁纷纷驻足,仰起小小的椭圆的脑袋,倾听着一声声稚嫩的呼唤,慢慢消失在苍茫的旷野之中。

此刻的母亲,或许正在田地的尽头埋头锄草,她的一颗心完全沉浸在辛苦的劳作中,忘了独自玩耍的孩子。她并不关心我在做些什么,她生下了我,似乎就完成了上天赋予的生儿育女的重任。她不喜欢孩子,当她还是一个孩子的时候,她从未被父母温柔地爱过,她因此也不知道怎么去爱自己的孩子,这一个接一个从她疲惫的身体上掉下的肉团,让她觉得厌倦,他们将庭院搞得鸡飞狗跳,将生活弄成一团乱麻,他们催她衰老,让皱纹早早爬上她明亮的额头。她宁肯低头侍弄庄稼，在麦浪中倾听布谷鸟的歌唱，或者雨中去看汩汩汲水的玉米，也好过陷在孩子们无休无止的吵闹中。也或许，她早已听见我的呼唤，却装作什么也没有发生，只抬头看一眼昏暗的天光，继续弯腰劳作；仿佛我对她的依恋，是习以为常的虫鸣，在她耳边日复一日地响着，不会惊起任何的波澜。

但我却深深眷恋着母亲，我要穿过茂密的玉米地去寻找她，我要牵着她的手一起回家，告诉她我爱她，一生一世都和她在一起，如果失去了她，我的生命也将黯淡无光，仿佛所有的星辰从夜空中消失。

我于是拨开绿色的波浪，一头扎进玉米田中。狭长的玉米叶片划过我的肌肤，在上面留下深深浅浅的伤痕。泥土灌满了我的鞋子，硌疼了我的双脚。没有刨掉的麦茬，时不时就扎了我的脚踝。一只青蛙跃过我的小腿，将我吓出一声尖叫。在田地的更深处，一切声响都被隔绝，村庄化为虚无，天空也不见踪迹，整个世界只剩下浩浩荡荡的玉米，我走不到尽头，也没有尽头。我将被无边无际的玉米吞噬，当夜色张开巨大的帷幕，罩住村庄的那一刻，我这样惊恐地想。

我于是放声大哭。哭声撞击着厚重的夜幕，发出沉闷的回响。我在浓郁的夜色包裹中，像一个即将窒息的婴儿，在母亲的子宫里，用尽洪荒之力，发出最后的呼救：娘！娘！娘！

我的呼救声最终换来了母亲的回应。她在不远的地方直起身来，疲惫地骂我：你娘没死呢，哭什么哭？！赶紧滚回家去，别在这里让我心烦！

我不管这些，我只循着母亲的骂声，在玉米田里飞快地奔跑。此刻，什么都没有这骂声更让我快乐，什么都不能阻碍我向着温暖的怀抱飞奔。

仿佛历经了漫长的一生，仿佛疾驰了千万里路，我最终抵达母亲的身边。她看着我满脸的汗水和污渍，又开始无休无止地骂我。

而我，则羞涩地走过去，拉住母亲的衣角，甜蜜地笑着。就像那一刻，我在爱整个世界。

## 二

黎明，校园尚未苏醒，晨读也没有开始，我和苏在操场上散步。

这是初夏，空气里飘荡着花朵的香气。淡雅的是月季，浓郁的是蔷薇，温和的是牡丹，还有一种清甜的，是隔壁人家的石榴花。再远一些，就在学校门口一望无际的大地上，五月的麦子已经成熟，黄色的麦浪一直翻涌到天际，布谷鸟用嘹亮的叫声催促着人们，收获的季节就要到了。

我和苏刚刚十四岁,在这所乡镇中学读初二,中考还没有来,我们有大把大把的时间,探讨让我们甜蜜又忧愁的初恋。

鸟儿早已醒来,在枝头啁啾鸣叫。奔跑了一夜的太阳,还没有抵达地平线。一轮轻盈的上弦月,像睡梦中婴儿的睫毛,挂在遥远的天边。万千隐匿的微光,正努力地穿透惺忪的大地。一只蝴蝶扇动了一下翼翅,随即合拢,返回色彩斑斓的梦境。除此之外,一切都是寂静的。只有我和苏的脚步声,在沙土铺成的操场上,杂沓地响着。

我们起初谈起的,是刚刚吃过的早饭。一碗口感发涩的玉米粥,两个色泽陈旧的酸糗的馒头,外加每周从家里带的咸菜。咸菜是用葱花炒过的,富裕一些的同学,还会在里面加一些剁碎的肉末,那是让我们艳羡到每顿饭都会流口水的"山珍海味"。

天刚蒙蒙亮,值日生就抬着一大桶冒着热气的玉米粥,和一竹筐馒头,来到宿舍门口分发早餐。两个女生正睡眼惺忪地抬着尿桶出来,碰到男值日生,有些害羞,低头快步走到宿舍旁边的小树林里,将放置了一晚的尿液倒掉。其余舍友则从上下铺的铁床上跳下来,快速走在井边,用力甩动吊桶,打一搪瓷盆沁凉的井水,匆匆洗脸刷牙,再胡乱抹点雪花膏,便拿了白瓷缸排队领饭。

冬天的早晨,天还漆黑,班主任会打着手电筒,监督值日生公平分发。这时节,天光早已大亮,小树林里一片新绿。麻雀在枝头屏住呼吸，专等值日生一走，呼啦啦飞下来，捡拾地上的残羹冷炙。

每个人的馒头和玉米粥的分量，是月初就按照饭票定好的。一个值日生便负责念数量，另外一个负责分配。我吃两个馒头，比我高出一头的苏，要吃三个。我的咸菜只浸了少量的油，它们像小小的木棍，杂乱无章地塞满了罐头瓶子。为了将它们切好，我为此还丢掉了半个指甲。苏有两个哥哥，便比我多一些宠爱，她的瓶子里装的，就是黄豆一样小巧的咸菜丁，有时里面还会加入肉丝，或者芹菜、胡萝卜、黄瓜、藕、土豆等等新鲜菜蔬。苏睡在我对面的床上，近水楼台先得月，我便时常可以蹭到她的"贵族"咸菜。有段时间，因为长期不食油水和青菜，我患了严重的便秘，半夜跑到距离宿舍很远的公厕，一边仰头看着朦胧的月亮，一边痛苦地蹲到双脚发麻，天边泛起微光，却依然没有将石头一样坚硬的大便排出。苏心疼我，便将那个星期所带的肉炒咸菜，全部让给我吃。但最终，我还是在某个有猫头鹰诡异叫声的深夜，羞耻地用手指将那些"石头"抠出了身体。

我和苏沿着操场，一边轻声说起这些久远的旧事，一边憧憬着遥远的未来。蓝青色的天空，慢慢变成了鱼肚白，然后是玫瑰红、葡萄紫，还有橘红、桃红、金黄、火红。这绚烂多姿、纵情燃烧的朝霞，激荡着我们。

苏说，我要告诉你一个秘密，我爱上了一个人。他和我同住一个小镇，我们一起度过了开心的寒假，然后他去了南方打工。他写信说，要一直等我毕业。你知道吗，他有一双俊美的眼睛，他只需看我一眼，我就深陷其中。他是我哥哥的朋友，比我年长五岁。他来找哥哥玩，我在院子里一株桃树下扭头看他，他倚在廊下也笑着看我，又问我叫什么名字，我们就这样相识。那年的桃花开得格外热烈，好像整个春天都在我家庭院里怒放。他带我去河边捉鱼，将金鱼放在水盆里养着，将草鱼带回家煎好了送我。他还有些害羞，说是送给我哥哥吃的，却千叮咛万嘱咐让我多吃一些。我们还在麦浪里穿行，走到麦浪深处没人的地方，他悄悄牵我的手。他的手温暖有力，我握着它，便好像握住了整个世界，我什么也不用怕，什么也不用担心，我的心里满满的都是爱。

这个静谧的清晨，苏的秘密飓风一样席卷了我。太阳已经跃上枝头，万丈霞光洒满了大地，沟渠、矮墙甚至垃圾桶，都涂抹上绚烂的色彩。一朵小小的蒲公英，正蕴蓄着无穷的力，等待风带它飞向远方。

我想起暗恋的语文老师，诗人一样天真烂漫。他抽烟，喝酒，倚在窗前眺望的时候，像一尊高贵的大理石雕像。他有时并不快乐，讲课会偶尔走神。他写许多的文字，将它们认真地誊写在方格稿纸上，叠好后装入信封，让我送到附近的邮局。

我是课代表，因此每天都能去办公室见他，但每次走到门口，我的心都跳得厉害，仿佛即将经历一场山崩海啸。看他与女老师说说笑笑，或弯腰辅导女同学作业，我的心里便生出嫉妒。可是当他向我走来，关心我太瘦了，要多吃一些才能更好地学习，那个时刻，我又面红耳赤，想从他身边尽快地逃走。那是一场青春的动荡事件，看似波澜不惊，海面下却有随时会掀起惊涛骇浪的风暴。没有人知道我的暗恋，即便知道，也没有人相信，一个丑小鸭一样的姑娘，她怎么配拥有高贵的爱情？

　　我和苏交换了彼此的秘密，就像交换了整个一生。我们各自在对方的心里，安静地坐了片刻，便知道此后漫长的道路上，即便彼此走失，永不相见，也不会忘记这样一个夏日的清晨，琅琅书声还没有开始，我们牵手走在杂草丛生的操场上，忽然想要告诉对方一个动人心魄的秘密。

　　不远处的校园大道上，学生们正沐浴着阳光，轻快地走向教室，新的一天即将开始。草尖上的露水浸湿了我和苏黑色的敞口布鞋，这粗笨的千层底布鞋，将带我们去更远的地方。

　　毕业后你要去做什么？我大声地问苏。

　　我要嫁人，嫁给一直等我的那个人。你呢？

　　我要去念高中，然后读大学，我要去很远的远方，看一看整个世界。

　　我迎着朝阳，这样响亮地回答苏。

## 三

天黑下来的时候,我和阿加、大邵决定转换战场,从热气氤氲的火锅店撤退,前往一家文艺酒吧,那里正有歌手,在唱我们年轻时喜欢的民谣。

我只是偶尔路过阿加和大邵的城市。许多年过去,一起读书时曾经有过的隔阂早已烟消云散,却依然不想与他们重逢,仿佛老死不相往来,是祭奠我们亲密时光的唯一方式。我用忙碌填充着在这个陌生城市的每一分钟,似乎如此,我就与过去的一段生活,保持着安全的距离。是到即将离去的前一天的午后,我在窗前收拾行李,抬头看到天边一枚薄如蝉翼的月亮,正与太阳遥遥相望,日月交相辉映,却永不能在一起,这人世间永恒的生离死别,让我生出哀愁,于是立刻翻出阿加的号码,短信给他:我在你和大邵的城市,一起吃晚饭吧。

火锅店里人声鼎沸,我和阿加选了一个角落,坐下来等待大邵。橘黄的灯光落在我们脸上,照亮了岁月留下的沟壑,也让隐约闪现的白发无处藏身。起初,我们还面露矜持,不知道历经漫长时光后的相逢,应该说些什么,才能跨越曾经的鸿沟;随即,我们就因彼此想要慌张掩饰却又无法掩饰的眼角纹,哈哈大笑起来。笑声震落了堆积在我们之间的尘埃,露出让人动容的光。那时,我和阿加、大邵一起读书,初次相见,便在喧闹的人群中嗅到彼此的气息，这气息稀有珍贵，像清新的红松的香气。此后三人结伴而行，每到周末便隐没于城市的大街小巷，或混迹于热闹的酒肆茶楼，再或前往人烟稀少的荒郊野岭，只为看一场壮阔雄浑的落日。

那时我们都还年轻，没有太多世俗的负累，可以安静享受读书的快乐。校园里的银杏树高大繁茂，可以帮我们遮挡城市的喧嚣。墙头上总有一只猫蹑手蹑脚地走过，并在夜深人静时发出鬼魅的叫声。花园里的花朵正在怒放，风掠过带刺的玫瑰，筛下闪烁的光影。正午，整个城市都在蝉鸣中昏昏欲睡，三个人悄无声息地溜出校园，在曲折的街巷中尽情游走。遇到酒吧，便折进去点上一杯便宜的扎啤。有时彼此无话，只慵懒地窝在沙发里，安静地注视着台上闭眼唱歌的女孩，她那样青春逼人，仿佛有无数可供挥霍的时光，真让人艳羡。有时我们热烈争执，为已成烟云的过去，和虚无缥缈的未来。争执过后，便大笑着出门，继续幽灵一样在太阳下游荡。天空以趋向永恒的蓝，在我们身后无限延伸。更远一些的天际，正风起云涌。

这是已经逝去的时光。而今，世俗生活缠住了我们前往远方的脚步，肉身麻木衰老，眼睛日渐浑浊；回望过去，那段奢侈的岁月，犹如镜花水月，虚幻朦胧，梦中醒来，恍如隔世。

大邵姗姗来迟，只是为了庄重地沐浴更衣，让镜中的自己，看上去更年轻一些，也体面一些。他生性敏感，在三人因隔阂失去联系的几年，他仿佛人间蒸发，杳无音信。倒是我和阿加，偶尔还会去彼此的空间看上一眼，不声不响地点一个赞，而后悄然离去。

我们都笑大邵，衬衫笔挺，头油发亮，捯饬得好像要来一场黄昏恋，而不是会见亲爱的老友。落座时有些拘谨的大邵，听完我们的奚落，也跟着笑起来。笑声震动了头顶的氛围灯，锅里的毛肚、培根和黄喉，便在晃动的光影里，热烈地翻滚着，像很多年前穿街走巷不分彼此的我们。

牛丸、虾球、扇贝、豆腐、秋葵、羊肉、里脊、鸭血，逐一被投入锅里，再一一送入我们腹中。食物温暖了我们的肠胃，靠近肠胃的一颗心，也因此饱满丰盈，仿佛一片干枯的茶叶，在滚烫的水中舒展身体，重现芳华。这热气缭绕的火锅，裹挟着我们，让我们迅速地后退，回到激情蓬勃的读书时代。于是我们决定转战酒吧，就像我们曾经很多次所做的那样。

酒吧里正有一个年轻的女孩，坐在高脚凳上，轻声弹唱着一首近乎古老的民谣。灯光洒落下来，女孩瘦削的身体一半隐匿在光影里，一半安放在明亮处，像一幅好看的剪影。此刻，我们与她一起，虚度着美好的夜晚。我们所聊过的一切，都将化为尘埃。我们所拥有的一切，也将在无边的黑夜中消融。唯有我们在窗前一起抬头看过的月亮，永恒地挂在天边，从未因为我们的聚散而有所改变。可是，恰是这些虚度的光阴，恰是这些一起行经的日与夜，化为生命中闪烁的星辰，在无数孤独的夜里，将我们照亮。

那些曾经有过的嫉恨、误解、争执、抵牾，此刻全都在歌声中消解。我们彼此宽恕，宛如人生初见。那时，风吹过矮墙，掀动我的裙裾，我踩着凉鞋在细碎的树影里走路，迎面走来的阿加、大邵笑着拦住我说：嗨，跟我们一起去护城河边散会儿步吧？故事就这样开始。

红酒化作一条柔软的小蛇，在身体里自由地游走。微醺中忘了是谁，看到那轮硕大的月亮，发出惊异的叫声。三个人走出酒吧，踩着清凉的月光，在寂静无人的大道上欢快地走着。那轮迷人的月亮，让整个城市变得圣洁而又梦幻。几颗星星在遥远的天边，安静地闪烁。初夏的风吹过我们的肌肤，在那里留下花朵的香。

我们就这样追逐着月亮，一直在夜色中走。仿佛如此，明天就永远不会抵达。那时，月亮隐退，太阳升起，阿加留在这座热闹的城市，大邵举家南迁，而我，也将悄然离去。命运就这样把我们遣散，一去永不复返。

## 四

饭后，我们在慕先生的客厅里一边喝茶，一边谈一些江湖上的事。

暮色四浮,落地窗外的小花园里,只剩下氤氲的光影。几只猫列队走过墙头,跳到旁边的大槐树上。晚风吹来,树叶哗啦作响。邻家的狗被声响惊动,一阵疾风骤雨似的狂吠,随即又陷入长久的沉默。远远的地平线上,雷声正轰隆轰隆地赶来,像一列漫长的火车,从地心深处开往寂静的人间。

看看天色,慕太太起身,去厨房端来几盘南方寄来的精巧点心。她还细心地补了妆,披了一袭月牙白的罩衫,又将口红涂得明亮了一些。我送来的一大束花,慕太太修剪后,拆分开,放入两个漂亮的花瓶。一束是热烈的红玫瑰,摆在我们面前的圆桌上,一束是淡雅的康乃馨,隐在沙发一侧的角落里,默默吐露芬芳。

黑暗中,风化作冰冷的游蛇,穿过纱门潜入客厅,贴着人们脚踝处的肌肤弯来绕去。橘色的吊灯在隐隐的雷声中不安地晃动,天鹅绒般的玫瑰花瓣轻微地战栗着。一场即将抵达的大雨,让世间万物陷入无处躲避的惶恐。

忽然一声惊雷,在花园的石灰矮墙上炸响。人们纷纷停下言谈,扭头看向窗外。见高大的白杨,正在风暴中发出雄狮般的怒吼。乌云滚滚而来,顷刻间笼罩了整个大地。客厅的灯努力地亮了一些,仿佛知晓此刻的人们,需要更多温暖的光。一只孤傲的白猫惊恐地跳下槐树,消失在黑暗的角落。大风卷起枯枝败叶，在夜空中游荡，又重重地将它们摔下。整个城市的车辆都受到惊吓，沿街发出一连串的尖叫。雷电和风暴以狂飙突进之势，裹挟着大雨奔涌而来，夜空瞬间撕裂，暴雨如注，倾泻而下，天地间一片混沌。

我走至窗前，去看花园里飘摇不定的花草。黑暗中，听见一根粗壮的树枝，重重地坠落在水泥地上。所有的飞鸟虫豸都消失不见，连同它们建在半空或地下的巢穴，也在暴风雨中隐匿。我忘了片刻前朋友们热烈谈及的江湖掌故，雨夜中正忍受无情摧残的花草，让我心痛。只有矮胖的诗人吃饱喝足，在这无处可去的夜晚生出困意，将人间的烦恼统统抛弃，卧倒在沙发上，不过片刻，便发出幸福的鼾声。饱受失眠之苦的朋友，看着四仰八叉酣睡的诗人，生出微微的嫉妒，知道乾坤颠倒也唤他不醒，便指着他灯下露出的肥胖肚皮取笑一阵，继续将视线投向窗外无休无止的雨夜。

慕先生提及花园里的几株沙果树，每年秋天，果实都会落满了庭院，因为工作忙碌，来不及捡拾，只能任由它们腐烂，再经几场雨雪，便化为淤泥，仿佛它们从未在枝头有过耀眼的四季。有时，他站在洒满阳光的院子里，看到被鸟儿啄食得千疮百孔的果实，会一阵心疼，转身取一个袋子，将色泽红润的完好沙果一一捡起，送给门口打扫卫生的清洁工。几只野猫蹲在墙头，很少睬他，只眯眼享受着秋日的阳光。流浪至此的白猫性情冷傲，一只眼睛是深邃的蓝，另外一只则是璀璨的金，于是当它站在墙头，仰望苍穹，人们便觉得它的身体里，有一望无际的大海，也有光芒万丈的太阳。慕太太因此更喜欢它，尽管它每天蹭吃蹭喝，从未对她的喂食表达过感激。倒是白猫生下的四只小猫，颜色灰黑相间，在院子里每日追逐，撒娇卖萌，惹人喜爱。黑猫并非猫仔的父亲，却每日与白猫形影不离，仿佛神仙眷侣。

　　此刻，风雨猛烈撞击着纱门，慕太太有些不安，几次起身走到门口，探头去看昏暗的庭院。那里除了遍地的枯枝败叶，什么也没有。黄昏时还在庭院里散步的猫咪，这会踪迹全无。只有无尽的雨夜，笼罩着苍茫的大地。

　　慕先生也扭头去看窗外绵延不绝的夜雨。不知什么东西忽然从半空坠落，我猜测那是一根枯萎的枝干，摇摇欲坠地悬在半空，曾与猫咪一起，在小小的庭院里沐浴着阳光，但最终没有敌过这场残酷的风雨。也或许，那是一枚酸甜的沙果，刚刚泛起羞涩的红，尚未等到秋天，向主人奉献所有的甜。这些不过是风雨之夜最朴素的场景，没有人会为这样的瞬间停留，只有偶然行经此处的慕先生，会因这与生命相连的细微的声响，生出无限的愁思，仿佛它们是他漫长人生中，汁液饱满的部分。

　　雨下了不知多久，终于慢慢停下。推开纱门，见夜空中一弯被雨水清洗过的月亮，闪烁着清澈的光。三五颗星星眨动着眼睛，好奇地注视着人间。一只飞鸟抖落羽翼上的积水，消失在夜色中。庭院里落满了枝叶，一根粗壮的槐树枝干横亘在甬道上，断裂处泛着银白的光。沿墙的沙果树下，满是青涩的果实，一颗一颗，湿漉漉的，带着让人怜惜的伤。一只小猫从厢房中探出头来，惊异地看着满地的积水。

这雨后无处不在的衰败与新生，让人内心涌动着哀愁。梦中被叫醒的胖子，揉着惺忪的睡眼出门，一低头看到脚下满地的沙果，呆愣了片刻，而后弯腰捡起几颗，揣入口袋。

我们已经走出去很远了，回头，还看见慕先生和慕太太，并肩站在门口的丁香树下，注视着我们。一阵风吹过，两边树木发出沙沙的声响，枝叶间的雨水随风飘落，有沁人的凉，倏然在脖颈处消失。此外，一切都隐匿在黑暗之中。只有遥远的星辰，闪烁着寂静的光，无声地注视着人间的这一场别离。

# 后　记

　　无意中看到本书第一篇散文《万物相爱》写作时间，是二〇一九年十二月二十一日，忍不住心生感慨，从开始构思到最终出版，三年竟倏忽而逝。

　　二〇一九年的冬天，我从鲁东南王羲之的故乡临沂，乘坐火车一路北上，返回呼和浩特。中途经过泰山脚下的故土，我并未下车，而是平静地看着车窗外萧瑟的大地，在心里默默地向它告别。

　　这一别，便是三年过去，我再也没有回过故乡。仿佛我已与它一刀两断，做了无情的切割。我用八年时间所写下的"乡村四部曲"（《我们正在消失的乡村生活》《遗忘在乡下的植物》《乡野闲人》《寂静人间》），为我千里之外的故乡，为我并不快乐的童年，也为我的前半生，画下一个饱满的句号。这饱满里有残酷的记忆，也有疼痛的伤痕。偶尔，也会有我一直渴望的温暖。隔着漫长的时光，这份奢侈的温暖，昏黄而又明亮，是我生命的暗夜中，永不熄灭的光。

　　完成"乡村四部曲"之后，我便将关于故乡的素材封存，开始写作这本《万物相爱》。这是一本献给广袤的内蒙古大地的书，这里是我的第二故乡。书中饱含的辽阔、诗意与挥之不去的哀愁，都是它所给予我的。我还没有将它完全地走遍，但十年过去，我的根却已深深地扎进这片苍茫的大地。就像根系稠密发达的马兰，每年夏天，都将淡雅的紫色花朵，铺满整个草原。我带着它给予我的对生命深沉的眷恋，对自然万物深情的凝视，写下这一本书。这是我过往生命的浓缩，记录了那些让我永生难忘的爱的瞬间。这爱发生在人与人之间，也发生在人与花草树木以及飞鸟野兽之间。我站在内蒙古高原上，俯视着这片温柔起伏的大地上，为了更好地活着而努力奔走、至死方休的生命，心中涌动着万千的哀愁。

　　因为拥有了这样开阔的视角，我对这片赐予我源源不断写作灵感的大地，始终心存着感激。它宽容地将我接纳、滋养，并改变了我的命运。它以大风和酷寒涤荡着我，让我在世俗的喧哗中归于平静。犹如一条大河，浩浩荡荡，汇入无边的汪洋。

　　是为记。